Treasures for Scholars Worldwide

倪雲林先生詩集

〔元〕倪瓒◎著

崔丽娟◎主编

石芳　金小璇　陈雪铮◎点校

广西师范大学出版社
GUANGXI NORMAL UNIVERSITY PRESS
·桂林·

倪云林先生诗集
NIYUNLIN XIANSHENG SHIJI

图书在版编目（CIP）数据

倪云林先生诗集 ：整理本 / （元）倪瓒著 ；崔丽娟主编. -- 桂林 ：广西师范大学出版社，2024. 6.
ISBN 978-7-5598-7090-2

Ⅰ. I222.747

中国国家版本馆 CIP 数据核字第 2024W9B485 号

广西师范大学出版社出版发行
（广西桂林市五里店路 9 号　邮政编码：541004
网址：http://www.bbtpress.com）
出版人：黄轩庄
全国新华书店经销
广西广大印务有限责任公司印刷
（桂林市临桂区秧塘工业园西城大道北侧广西师范大学出版社集团有限公司创意产业园内　邮政编码：541199）
开本：880 mm × 1 240 mm　1/32
印张：7.5　　　　字数：186 千
2024 年 6 月第 1 版　　2024 年 6 月第 1 次印刷
定价：56. 00 元

编委会

主　编　崔丽娟

点　校　石　芳　金小璇　陈雪铮

序言

《倪云林先生诗集》共六卷附录一卷,〔元〕倪瓒撰,〔清〕倪大培增订,清乾隆六年(1741)广春楼刻本。

元代画家倪瓒(1301—1374)字元镇,号云林,别号极多。倪云林为画界天才,开中国文人画之风,与黄公望、王蒙和吴镇并称"元四家"。明代江南人以有无收藏他的画而分雅俗,其绘画实践和理论观点,对明清画坛有很大影响,至今仍被评为"中国古代十大画家之一",英国《大不列颠百科全书》将他列为世界文化名人。乾隆皇帝素以风雅自许,除日常诗作不辍外,亦对古画有着强烈的兴趣。倪云林的《狮子林图》是乾隆钟爱的作品之一,他不但对画反复题咏,并于第二次南巡时在苏州发现了狮子林的旧址。此后,乾隆于北京长春园和避暑山庄都修建了仿狮子林的园中园,在仿建的过程中,将其对"狮子林"的理解贯穿其中。这一从画到诗到园林再到仿建的过程,体现了乾隆对倪云林作品的高度推崇。

倪云林的诗文是其书画研究的重要的文献支撑。倪云林所写诗的体例很多,包括四言古诗、五言古诗、七言长诗、五言律诗、七言律诗、五言绝句、六言绝句、七言绝句等。倪云林诗心机巧,才思细腻传神韵,笔触灵动赋真情,善于从万象纷纭的自然事物中，捕捉到富有生活情趣的唯美意象，如“十月江南未陨霜，青枫欲赤碧梧黄。停桡坐对西山晚，新雁题诗已著行”。这种天然雕饰的平淡，恰是乱世平衡自我心态的感情宣泄。其诗的内容除题画、隐逸、唱和之外，更有表达对民生的关切，对廓清社会的责任。与一般的避世隐逸者不同，他身处乱世，不乏人生感慨，纵是“累累如丧家之犬”，也有“知其不可为而为之”的忧国忧民思想。

倪瓒诗文集其生前无刻本，身后亦无完稿。其诗集在元代存有稿抄本，存世的诗歌集稿本两种，一是《自书述怀诗稿册》，共四十五首诗；一是《送盛高霞等八诗帖》共八首诗。此外，当时还有张雨、俞和关于倪瓒诗集的抄本存在，只是没有刊行。明代以后倪瓒诗集开始辑录和刊刻。后人辑录有《倪云林先生诗集》《清閟阁遗稿》《清閟阁全集》等，其中《倪云林先生诗集》刊刻流传复杂，版本众多。

《倪云林先生诗集》，上海图书馆有藏，六卷附录一卷，蹇朝阳刻，前有明天顺四年（1460）钱溥序，此本简称天顺本，为目前倪云林诗文集最早刻本，诗七百余首，比较好地保持了倪瓒诗歌的原貌，但很多诗歌分体有误，如律诗编在了古诗一卷。民国年间，张元济主持《四部丛刊》出版，影印上好善本，以此本为底本进行影印出版。学者多征引此书，均直接以此当作天顺本。明万历十九年（1591），倪云林八世孙倪珵重刻天顺本《倪云林先生诗集》，体例和蹇刻本相同。每卷卷首题“荆溪蹇曦朝阳编集，八世孙珵重刻”，简称万历本，以这本诗集是蹇刻本的重刻本。集中内容保留了很多蹇刻本的特色，但与原本也有诸多不同，珵刻本与蹇刻本诗歌数量不同。珵刻本比蹇刻本脱七首，珵刻本在附录最后，新加入了王宾《故元处士倪云林先生旅葬志铭》、周南老《故元处士云林先生墓志铭》。蹇刻本的墨丁处，有少数部分，倪珵刻本还是做了改动，诗歌中有个别字句不同。该本收入《四库全书存目丛书·集部·别集类》。

近年河北大学图书馆在整理古籍时发现清乾隆辛酉年（1741）倪云林十

三世孙倪大培增订，广春楼刊刻的《倪云林先生诗集》六卷附录一卷（简称乾隆本），应是该诗集刊刻的最后一个版本。目前，该版本只有河北大学图书馆和国家图书馆收藏，在《中国古籍总目》中没有著录，学界也少有研究，属于一个珍稀版本。首先，北京大学的谷红岩先生在《倪云林诗文集版本论略》中未提到该版本；南京师范大学的朱艳娜先生在《倪瓒诗文集版本考》中提到国家图书馆藏有该书，但因客观原因未曾查阅到该书，也无对其进行研究。其次，乾隆本《倪云林先生诗集》虽然以倪珵刊刻的万历本《倪云林先生诗集》为底本，但两者所收诗文数量不同，乾隆本所收诗文数量较多，再就是有些内容编排顺序不同。乾隆本《倪云林先生诗集》卷前序言很多，包括钱溥序、卞荣序、蹇曦识、王穉登序、顾宪成序、高攀龙序，以及乾隆辛酉十月十三世孙倪大培的《重修云林公诗集跋》，而倪珵刊刻的万历本《倪云林先生诗集》卷前只有钱溥序，附录中有卞荣序、蹇曦识。而倪大培编纂的乾隆本将周南老的《故元处士云林先生墓志铭》、王宾《故元处士倪云林先生旅葬志铭》编撰在第六卷。倪珵刊刻的万历本《倪云林先生诗集》将其编写在附录卷中等。再次，乾隆本《倪云林先生诗集》具有一定的文献校勘价值。明万历二十八年（1600），八世孙倪珵、九世孙倪锦编订《清閟阁遗稿》刊行，除了收录有诗歌、乐府等之外，更增加了大量倪瓒所作的题跋、书牍、逸闻等，正因为遗稿本博考遍采，因此集中难免有伪作。四库馆臣认为《清閟阁遗稿》收录诗歌数量远多于《倪云林先生诗集》，但可信度却不及后者。由此推之，乾隆本可以作为一个重要版本对倪云林先生的诗文进行校勘。如明万历倪珵刻《清閟阁遗稿》14 卷中有诗《至正十年十月廿三日余以事来荆溪重居寺主邀余寓其寺之东院凡四阅月待遇如一日余将归乃命大觉忏除垢业使悉清净乃为写寺南山画已因画说偈》：

我行域中，求理胜最。遗其爱憎，出乎内外。去来作止，夫岂有碍。依桑或宿，御风亦迈。云行水流，游戏自在。乃幻岩居，现于室内。照胸中山，历历不昧。如波底月，光烛盼睐。如镜中灯，是火非诒。根尘未净，自相翳晦。耳目所移，有若盲聩。心想之微，蚁穴堤坏。辴然一笑，了此幻界。

其中“去来作止”乾隆本中“作”为“佳”，“依桑或宿”中乾隆本“桑”为“叶”。《怀张外史》：“缅怀萧闲馆，乃在华阳天。烧香当阳谷，濯缨向□泉。真灵浮空至，楼观与云连。弹琴明月下，飘飘舞胎仙。”乾隆本为《次韵怀张外史》。

因此，乾隆本《倪云林先生诗集》不但是一个珍稀的版本，而且印刷精良，内容丰富，是倪云林先生诗文版本、内容以及书画研究的重要的文献资料。今将其整理出版，传本扬学，以飨读者。

点校说明

《倪云林先生诗集》整理点校工作遵循古籍整理的一般原则。原本中异体字、俗体字一般用通用字代替，有特殊意义的一般予以保留。点校内容简体排列，部分文字涉及校勘，有形近而讹者，则适当保留少量繁体字。倒错及避讳缺省字，径自改之，不出校记。原书中模糊不清或缺字者用“□”标识。限于点校者的水平，舛错在所难免，尚祈斧正。

此次点校整理工作幸蒙河北大学李俊勇教授、赵林涛教授和于广杰教授的悉心指导，谨于此致以诚挚的感谢。

目录

云林诗集前序

东吴当元季割据之时，智者献其谋，勇者效其力，学者售其能，惟恐其或后。而有甘抱清贞绝俗之态，卒阏其用，全其身而不失其所守者，非笃于自信不能也，锡山倪云林先生是焉。先生讳瓒，字元镇，云林其自号也。家故饶于资，至先生始轻财好学，尝筑清閟阁，蓄古书画于中，人罕迹其所。爱写溪山、竹石，攻词翰，皆极古意。性甚狷介好洁，绝类海岳翁。然尤善自晦匿，有若愚騃无似，尽弃其所蓄如敝屣。然卒之扁舟独坐，焚香弄翰，以与渔夫野叟混迹于五湖三泖间，又类天随子。既而大明丽天，六合一统，底今且百年矣。彼之伟功誉于一时者，飙驰电迅，泯无声迹之可寻，而独先生诗画流落于人世，虽片纸不啻拱璧。耽玩之际，犹觉清风洒然，使人为之兴起。噫！谓非笃于自信者能然乎？先生之诗仅尝见于题咏，近得常之荆溪蹇君朝阳汇梓五七言古律、绝句总若干卷，走书京师，俾予评之以传。予谓其清新典雅，迥无一点尘俗气，固已类其为人。然置之陶、韦、岑、刘间，又孰古而孰今也邪？大羹玄酒，不和而自醇；朱弦疏越，一唱而三叹，有遗音者矣。朝阳读书好义，高先生之谊而重其才，宝爱是集，欲传之无穷，真可谓深知夫诗而乐扬人之善者欤。不然，则是编也，其不至于湮没无闻者几希。故不辞而为之序。

天顺四年岁舍庚辰菊月既望，翰林侍读学士、奉直大夫、直文华殿云间钱溥书

卞荣识（拟题）

天河之水清且漪，云林泚笔写新诗。当时碌碌者余子，上与陶谢同襟期。骚坛荒去遗编在，海底珊瑚发光彩。商彝周鼎三千年，制度天全人莫改。春林啾啾喧百禽，而独重此瑶华音。瑶华影彻恐难续，老我临风试一吟。

蹇君朝阳将以云林诗绣梓，间以示予，因缀数韵以赞之。

天顺四年，前进士户部郎中同郡卞荣识

云林诗集后序

世之人殁齿无闻者盖多矣，然有以道德著、功名显、文章鸣，挺然出于类者焉。道德尚矣，未易及也。功名则随于世用。诗律亦文章流，进不遇于时，退而因其才之高下，或绩文，或缀诗，或攻词翰染画，虽不逮建功业，皆足以有称于世。汉唐宋之伟人硕士不暇及，若前元云林倪先生瓒，遭世之季，知其不可为也，因放迹于山水，寓情于诗画，才高一代，人皆知重之。今其殁且百年，遗墨之或存者，咸脍炙于人口，金玉于当世，功名似未多让，视殁世无闻者，盖倍蓰无算矣。予曾大父西溪翁，至正间与同里彝斋王先生、鹤溪张先生齐称于时。云林恒往来荆溪，交谊既洽，题咏最多。彝斋之季文静号梅西，旧藏云林集，其孙景升近出而辑之。予得览焉，不胜追叹。然虑誊缮久，将愈讹而废，因命工鸠梓，用寿其传，且求词林宿学、诗坛宗盟序其首而赞其末，庶乎先生之名于是益著云。

乐正老人荆南蹇曦朝阳识

重刻倪云林诗集序

倪先生当胜国之季，洁身栖遁，孤标特立，照映岩谷，可谓皭然不污，抗迹霞外者矣。昔陶征士书甲子，不书元，先生亦不书元。张士诚据有江东，以伪爵饵士，士靡然从之。先生窜迹林莽，不受其聘。后士诚弟士德邂逅先生，不胜愤，榜笞之。先生不吐一辞。此其节类龚胜。会元社将易，海内逐鹿者四起，先生恐怀璧为罪，尽散家财，避之三泖五湖，不及于难。此其高又类鸱夷子皮。今世最重先生画，次重其诗，又次乃重其人，是人以诗掩，诗以画掩，世所最重者，特先生末技耳。先生诗风调闲逸，材情秀朗，若秋河曳天，春霞染岫，望若可采，就若可餐，而终不可求之于声色景象之间。虽虞、杨、范、揭诸公登词坛执牛耳，非不称盟主矣，然比于先生，犹垂棘夜光之视水碧金膏也。先生诗有二刻，一为江阴孙大雅序，一为华亭钱学士序，皆岁久剥裂，不堪吟讽，读者病其豕鱼。其八世孙珵，惧风雅之失传，悼祖德之无述，捐镪授锓，焕然复新。于是，先生之诗，家披户览，想像其人，若登云林，窥清闷，仿佛见其寒松幽壑之姿也。刻成，问序于不肖。不肖盖重先生诗画，而又最重其人。借(惜)乎生晚，不能为之执鞭。窃幸序先生诗，获附于孙、钱二君之后，岂非东郭先生所云滥竽者耶。先生世家梁溪之祇陀村，子孙迄今不徙，号为名宗。珵尤好礼，多长者之游，自其王父文润而下，世以文学相禅，宗人推为白眉。呜呼，先生之高风，宜其华胄遥遥哉。

万历辛卯春正月廿五日，王穉登序

重刻云林倪先生诗序

天下乱甚，浊运将返，则必有神圣之主芟除扫荡于其上，又必有特异之士激烈震变于其下，盖其功相成而不可相无云。是故，周马不叩，神农虞夏没矣；富春不耕，东京节义微矣。夫惟一夫踔厉，迥拔不伦，大非凡情故态之所习睹，骤而尝之，适与靡靡之运为瞑眩之药，然后一激而返，人心变焉，风俗移焉。盖天以偏至之性付之豪杰，而与大乱相值，必非苟焉已也。余读云林先生遗事，多洁癖，多傲迹，合之中正，怪其不符。徐而证今乡(向)古，度以其时，先生实有关于天下，非吾锡一邑之士也。我高皇龙飞淮甸，尽扫夷氛，天地重开，日星再朗，士于其间，固多风云着态，草野埋光，交相应和，以更世道。而以奇锋怪锷砭肌入骨，痛刮积秽，则先生一人是已。说者谓我高皇，饥渴求贤，弓旌四驰，而独不及收先生。迹先生之所自负渺然，意不可一世，而独不及遇我高皇以为恨。愚窃惟当是时，运筹帷幄，则有若刘诚意、李宣国诸公；战必胜攻必取，则有若徐中山、常开平诸公；制礼作乐，润色皇猷，则有若宋文宪、陶姑孰诸公。假令先生进而与之翱翔于其间，陈一奇，效一职，其何能有加于诸公之上。若乃不臣不友，独往独来，奇节殊采，使闻之者且骇且愕且震且悚，顽夫廉，懦夫立，一洗腥膻之污染，即诸公且退然兄先生而弟之。由前则功在社稷山河，由后则功在人心风俗。由前则其为用也，显声施当年；由后则其为用也，隐风流永世。然则我高皇之所以用先生，先生之所为高皇用，盖皆得之牝牡骊黄之外，有不可以常情测者。故曰天以偏至之性付之豪杰，而与大乱相值，必非苟焉已也。先生画迹流宝人间，虽好事者不能尽有，而独其诗故幸无恙。于是，八世孙珵将重梓而新之，属其子锦问序于余，辙为之志斯语于简端。读者由先生之诗，而得先生之心，锐然为世道担一寄焉，其亦可以登先生之清閟矣。

万历庚子五月一日，邑人顾宪成序

重刻倪云林先生诗集序

今天下学者好称说中行，夫道中焉止矣。中行岂不贵，然徐而核之，往往败裂名检者，多出好为中行之士，何居？孔子时中之圣，孟氏曰："吾所愿则学孔子也。"至其举圣人百世师，则曰伯夷、柳下惠，何居？岂非以孔子时，中之极，如天地浑然无迹，而高蹈绝迹，皭然尘滓之外者，能令人欣慕爱悦，油然兴起而不自觉也夫。吾少则爱慕古之隐君子，如逸民之伦尚矣。至沮溺丈人于陵仲子，未尝不赏其独往之趣，以为其人纵不得附中庸之义，不有聚敛之冉求、垄断之叔疑乎？何可令诸贤见耶？俯仰千载，而吾乡有倪云林先生。闲尝诵其诗，想见其人，如在云霄之表，愿为执鞭而不可得。会其裔孙珵将重刊先生诗集，谓余不可无一言篇端。余谓之曰："夫诗也者，先生之所以传也；夫先生也者，诗之所以传也。后之人诵其诗，不论其世，可乎？"先生生元末，当天下大乱，张氏雄据江左，一时才名之士，无不匍匐其门，窃其余润，先生知不足与有为，鸿飞冥冥，不可荣以禄。当是时，先生诗若画，布满人间，乡翁市竖扣无不得，而独不可张氏，至麾其造庐之币。先生以是几不免，恬然杀身不悔也。《易》不云乎："履道坦坦，幽人贞吉。"又曰："鸿渐于逵，其羽可用为仪。"幽人而可用为仪也，先生有焉。《诗》不云乎："皎皎白驹，在彼空谷。生刍一束，其人如玉。"又曰："所谓伊人，在水一方。溯洄从之，道阻且长。"其人如玉，可望而不可即也，先生有焉。此先生所以为先生，而先生之诗所以为诗已。先生尝曰："吾所谓画，逸笔耳，聊以自娱，不求形似。"吾于先生之诗亦云："如以其诗而已，则高者固不能出唐人。以是求之。"小之乎观先生矣。夫举世混浊，清士乃见。当元之季，天下腥秽已极。先生生其间，如清风澄露，涤濯寰宇，以开我圣祖清明之治，惜天下既定，先生已老，不及风云之会，而先生亦得遂其肥遁之志。是其长往，固与沮溺丈人辈殊科。迨于今，故老陈说其遗事，犹能使人欣慕爱乐，自拔其沉酣流俗之气，则先生之风所磨砺者远矣。吾恶夫乡原鄙夫，接迹天下而漫言中行，故于先生特表而出之，以附于孟氏之义云。

同邑后学高攀龙撰文

重修云林公诗集跋

吾祖云林公诗集刻于明初，岁久散轶。至万历间，六世伯祖理加裒辑编定，附以记序书牍诸体，而公之著作始备。阅今百年，复多放失，培访求善本，订缺略加校雠，并七言近体诗百余篇，将次第付梓以公海内。维公生元季时，张氏雄据江左，天下骚动，独不染泥滓，飘然远引，负介节而行，不诡中正使得操激扬之柄骨，天下渐摩，陶冶之用。登明堂，荐清庙，和其声以鸣国家之盛绝，德鸿业必更，有以垂诸无穷，乃愤世嫉俗，洁身高蹈，迹类于石隐自好然。而潇洒峻拔，卓荦奇伟之风，迄今犹立懦廉顽，师表一世，又安在深山穷谷中，必无足以不朽于千古者。公之书与画今已若吉光片羽，不可复得，惟诗集具在，前人之论详矣。后之景仰公者，以公为清贤，乌知无敬公爱公而不得见是集者耶！乌知无见是集而恨不能广其传者耶！漫漶剥蚀，后裔之任，培所以忘其不敏而更辑之。呜呼！公潇洒峻拔卓荦奇伟之风殆久而益芳也夫。

乾隆辛酉十月望日，十三世孙大培谨跋

倪云林先生诗集卷之一

八世孙珵重刻
十三世孙大培增订

义兴异梦篇

辛卯之岁，寅月壬戌，我寝未兴，户阖于室。爰梦鬼物，黯淡惨栗。或禽而角，或兽而翼，夔足骏奔，豕形人立，往来离合，飞搏跳掷，纷攘千态，怪技百出。予兹泊然，抱冲守一，廓如太虚，云敛无迹，晨鸡既鸣，冠栉斯毕，涉庭而咏，已化奚恤。春风惟振，亮月在席。凋瘁何损，荣华匪益，独以圆悟，境无顺逆。愚夫说梦，转堕迷惑。滔滔天下，病者良极。傒我大雄，拯此群溺。

至正十年十月廿三日余以事来荆溪重居寺主邀余寓其寺之东院凡四阅月待遇如一日余将归乃命大觉忏除垢业使悉清净乃为写寺南山画已因画说偈

我行域中，求理胜最。遗其爱憎，出乎内外。
去来佳止，夫岂有碍。依叶或宿，御风亦迈。
云行水流，游戏自在。乃幻岩居，现于室内。
照胸中山，历历不昧。如波底月，光烛盼睐。
如镜中灯，是火非诒。根尘未净，自相翳晦。
耳目所移，有若盲聩。心想之微，蚁穴堤坏。
輾然一笑，了此幻界。

题画上

义兴之山，维水弥弥。载游载咏，操觚挟几。
聊乐一日，百岁奚俟。

春日云林斋居

池泉春涨深，径苔夕阴满。讽咏紫霞篇，驰情华阳馆。
晴岚拂书幌，飞花浮茗碗。阶下松粉黄，窗间云气暖。
石梁萝茑垂，翳翳行踪断。非与世相违，冥栖久忘返。

次韵怀张外史

缅怀萧闲馆，乃在华阳天。烧香当阳谷，濯缨向□泉。
真灵浮空至，楼观与云连。弹琴明月下，飘飘舞胎仙。

雨中寄孟集

英英西山云，翳翳终日雨。清池散圜文，空林绝行屦。
野性夙所赋，好怀谁共语。烧香对长松，相与成宾主。

听袁子方弹琴

蕙帐凝夕清，高堂流月明。芳琴发绮席，列坐散烦缨。
回翔别鹄意，缥缈孤鸾鸣。一写冰霜操，掩抑寄余情。

赠天宁福上人

荆溪霜落后，铜官日出初。自栉头上发，更埋箧中书。
上人从定起，咏言方绕除。邂逅发微笑，幻身同太虚。

十一月十七日过与之洛涧山居留宿忽大雪作及明起视户外岩岫如玉琢削竹树压倒径无行踪飘瞥竟日至暮未已雪深尺余因赋诗留别

世途萦荏苒，岁晏不知归。密雪竹林夜，挑灯共掩扉。
萧条尘虑净，讽咏玄言微。遇此岩中赏，心事怅多违。

为方崖画山就题

摩诘画山时，见山不见画。松雪自缠络，飞鸟亦闲暇。
我初学挥染，见物皆画似。郊行及城游，物物归画笥。
为问方崖师，孰假孰为真。墨池挹涓滴，寓我无边春。

奉谢张天民先生

鸣雁将北归，裴回旧栖处。江湖春水多，欲去仍回顾。
稻粱岂余谋，缯缴非所虑。犹为气机使，暄冷逐来去。
寥寥天宇宽，彼此同一寓。风萍无定踪，易散聊为聚。
君看网中鱼，在疚犹相煦。

夜泊芙蓉洲走笔寄张炼师

芙蓉犹满渚，疏桐已殒霜。泊舟菰蒲中，吴山隐微阳。
因怀静默士，竹林闷玄房。煮茗汲寒涧，烧丹生夜光。
忆与郑郯辈，闲咏步修廊。时予有所适，顾瞻重徜徉。
庭下生苔藓，牖间翻诗章。弈势郑老胜，酒榼郯生将。
雅歌杂诙谐，列坐飞羽觞。予归日已晚，枣栗亦倾筐。
挥手辄谢别，暮宿荒城傍。迟明趋所期，待予郑公堂。
晨往遂至昏，企望徒伥伥。乃嗟仙真驭，固非世所望。
恻恻理归棹，泛泛秋浦长。还寻甫里陆，更醉山阴王。
素冠斯驰赠，喜知终未忘。余兹将远适，旅泊犹彷徨。
微风动虚碧，初月照石梁。旷望对清景，赋诗托陈郎。
茯苓思同煮，夜雨共匡床。

萧闲道馆听袁南宫弹琴是日风雨萧然有感而作

玉琴转清亮，风雨更飘飖。疏桐荫高馆，朱槿耀芳条。
生物曷可遏，抚事发长谣。弱龄陪清宴，栉发想垂髫。
相见日以老，离居梦且遥。秋江眇云水，去鹤影摇摇。

送高太守之秦邮

秦汉置牧守，犹古之侯伯。封建而郡县，仁政固不易。
汉宣知所本，留意二千石。慎哉高侯车，愿循古辙迹。

萧闲馆夜坐

隐几忽不寐，竹露下泠泠。青灯澹斜月，薄帷张寒厅。
躁烦息中动，希静无外聆。窅然玄虚际，讵知有身形。

和答吴寅夫对雨见怀

溽云变阴晦，零雨随风涛。的皪集莲池，飘飖洒兰皋。
朱丝缓瑶瑟，绿钱生宝刀。抚事增慨慷，端居倦游遨。
处世每惭柳，怀人徒咏陶。脆质爱灵药，闲情宣弱豪。

走笔次陶蓬韵送叶参谋归金华

手把玉芙蓉，青天骑白龙。出入人间世，飞鸿踏雪踪。
瑶草粲可拾，群峰森玉立。璧月挂天南，离离星斗湿。
君昔在山时，玉韫山有辉。因同白云出，更与白云归。
白云无定处，岂只山中住。河汉共萦纡，经天复东注。
金华牧羊人，游戏不生嗔。笑拂岩前石，行看海底尘。
手调白羽箭，陋彼磨铜砚。一语不投机，归欤宁再见。
士岂始隗乎，全赵匪相如。项王疑亚父，竟尔龙为鱼。
扰扰何时已，百年聊寄耳。良也报仇归，言从赤松子。
去山今几年，还山大学仙。天台司马宅，云气近相连。

双寺精舍新秋追和戎昱长安秋夕

秋暑晚差凉，茗余眠独早。清风振庭柯，寒蛩吟露草。
晨兴面流水，西望吴门道。不知人事剧，但见青山好。

偶成

积雨不为休，萧条使人愁。哀吟四壁静，病卧百虫秋。
开门望原野，江湖漭交流。谁能载美酒，为我散烦忧。

次韵曹都水

杜陵布衣翁，许身稷禹行。赋诗原正始，感事多哀伤。
煌煌万丈焰，岌岌数仞墙。君能仰余辉，假日尚升堂。
弛担息荒途，日莫将安之。挟弹狂游子，斗鸡轻薄儿。
众方巴人唱，独歌阳春诗。天门何严邃，绿窗隐罘罳。

赠钱炼师

炼师好神仙，望拜金母台。亹亹应玄运，煌煌秀灵荄。
天风流琼响，夕露调玉杯。凤栖池上竹，雨添阶下苔。
时见两青鸟，碧海传书来。感此忽自笑，飘然遗氛埃。

送甘允北上京师

翔鸿纵高姿，流水去不息。枉道别友生，扬舲望京国。
婉娈前途憩，萧条余景匿。神京衣冠会，左右金阳宅。
驱马流星繁，垂轩春雾集。嘉子玉质朗，早通金闺籍。
行逢明主顾，入补词臣职。束带向晨趋，陪宴终日昃。
芳年易为晚，所愿崇令德。英英白云飞，渺渺青山隔。
秋风应节起，万里思亲客。迟子返旧居，衔杯数相觌。

寄段吉甫

昔者段干木，逾垣避其君。冥翳岩穴间，清风扇炎氛。
德绵百世下，吉甫贤且文。神鸾养奇采，芳芷结幽芬。
回视当世士，鸡鹜正纷纭。区区事夸敓，子独介不群。
舍瑟作而叹，此道谁复云。

送章炼师并寄郑有道

良觌忽云阻，桐花今亦繁。落日满洲渚，扬舲念孤骞。
因怀息机叟，蕴真从灌园。晨扫石上云，伫子接清言。

玄文馆读书

玄中真师在锡山东郭门立静舍，号玄文馆，幽处敞朗，可以闲处。至顺壬申岁六月，余处是兼旬，谢绝尘事，游心澹泊，清晨栉沐竟，遂终日与古书古人相对，形忘道接，翛然自得也。又西神山下有好流水，而味甚甘冽，与常水异，馆去西神山远不出五里，故得朝夕取水，以资茗荈之事，居兹馆读书研道之暇，时饮水自乐焉，乃赋诗曰：

真馆何沉沉，寥廓神明居。阳庭肃宏敞，丹林郁扶疏。眷言兹游息，脱屣荣利区。檐榱初日丽，池台凉雨余。焚香破幽寐，饮水聊舒徐。潜心观道妙，讽咏古人书。怀澄神自怡，意惬理无遗。谁云黄唐远，泊然天地初。回首抚八荒，纷攘蚍蜉如。愿从逍遥游，何许昆仑墟。

述怀

读书衡茅下，秋深黄叶多。原上见远山，被褐起行歌。
依依墟里间，农叟荷筱过。华林散清月，寒水澹无波。
遐哉栖遁情，身外岂有它。人生行乐耳，富贵将如何。

题骊山图

校猎上林苑，洗马昆明池。霜威肃笳鼓，云气画车旗。
马班陈赋咏，卫霍绥蛮夷。王风既未远，文明方在兹。
逶迤霄汉上，凤皇尚来仪。

蛛丝网落花

落花缀蛛网，蜀锦一规红。既映绮疏外，复照碧池中。
含凄恋余景，散魄曳微风。昔人问荣秽，讵识本俱空。

冬日窗上水影

日池浮湛澹，霞牖上萦回。敷腴三素云，照耀青莲台。
高流辉自下，含漪敛复开。尸坐以默观，静极自春回。

雪泉为王光大赋

高斋面绝壁，林密径难寻。风落松上雪，零乱幽涧阴。
皓洁映鹤氅，清圆和瑶琴。闲咏以自乐，聊用忘华簪。

丙子岁十月八日夜泊阊门将还溪上有怀友仁陆征君

明发辞吴会，移舟夜淹泊。空宇垂繁星，微云暝前郭。
沉沉抱冲素，悄悄伤离索。归扫松径苔，迟君践幽约。

听袁员外弹琴一首有引

至正四年十一月，袁员外来林下，为留兼旬。腊月十七日，快雪初霄。庭无来迹，与仆静坐，因取琴鼓之，古音萧寥，如茂松之劲风、春壑之流冰。员外时年八十有二，颜貌筋力未如四五十许人。为言甫弱冠遭逢盛明，初宰当涂，过九华山，道逢神人与枣食之，后数数见梦寐间，若冥感玄遇者。员外韬耀蕴真，仕禄以自给，不为人所知，岂郭恕先之流欤？为赋五言一首。

郎官调绿绮，谷雪赏初晴。两忘弦与手，流泉松吹声。问言逾八十，云尝见河清。挂帆望九华，神人歘相迎。啖以海上枣，欢爱若平生。玄遇宁复得，惜哉遗姓名。

早春对雨寄怀张外史

林卧苦泥雨，忧来不可绝。掀帷望天际，春风吹木末。
飞萝散成雾，细草绿如发。念子独高世，南山修隐诀。
抚弄无弦琴，招邀青天月。神安形不凋，迹高行自洁。
思之不可见，饥渴何由歇。愿为鸾鹄翔，南游拂松雪。

怀寄强行之常州学官

君在西溪上，年年杨柳春。提壶坐柳下，邀我见情真。
青叶已垂带，白花还覆蘋。别来今见柳，思尔采芳芹。

三月六日同李征士游禅悦僧舍礼上人出柯博士所赋诗以示仆而博士君殁已二年展诵为之凄断因次第其韵于后

佛生七佛后，乃知青出蓝。寒月留孤光，世人徒指谈。
嗟余堕狙网，朝暮逐四三。悲叹明镜尘，何由息禅龛。

戊寅十二月丹丘柯博士过林下赋诗次韵酬答

积雪被长坂，卧疴守中林。山川虽云阻，舟楫肯见寻。
倾盖何必旧，相知亦已深。惊风飘枯条，清池冒重阴。
联翩双黄鹄，飞鸣绿水浔。顾望思郁纡，裴徊发悲吟。
愿言齐羽翼，金石固其心。欢乐何由替，黄发期满簪。

己卯正月十八日与申屠彦德游虎丘得客字

余适偶入城，本是山中客。舟经二王宅，吊古览陈迹。
松阴始亭午，岚气忽敛夕。欲去仍裴徊，题诗满苔石。

古诗二首奉送友仁贤良之京师

春风吹兰茝，佳人将远游。远游何当还，神京郁云浮。
眷言英迈志，飞辔不可留。岂无金闺彦，与子结绸缪。
河山风气雄，江水日夜流。遥瞻云中雁，庶以慰离忧。
吴山朝霭外，阊门春雨余。超忽孤帆远，天末浮云舒。
君今北阙游，我栖南山庐。荷锄事耕作，闭户咏诗书。
高林鸣禽曙，青苔行迹疏。还期茅檐下，一枉故人车。

江阴袁仲征作轩名筼林日夕啸咏其下至正十二年二月廿四日访余南兰陵寓舍征仆赋诗遂走笔成书不能尽道轩中清事丸

风生筼筜谷，云迷渭水原。萧萧春雨后，翳翳清阴繁。
忆昔文使君，烧笋具盘飧。彭城诗适至，大笑饭为喷。
风流成异代，寂寞今谁论。夫君暨阳隐，字征其姓袁。
二仲接徕游，子猷时到门。冠同萨县制，坐对宜城尊。
翠羽共栖托，凤雏亦孤骞。载诵偃竹记，忽若闻清言。
邈哉古人迹，尚友不可谖。

杜真人听松轩

计筹白石顶，闻有丹丘生。和玉饮晨露，褰林餐绛英。
止鹤眠松警，萤火照书明。为善得仙道，翛然不近名。

拟阴常侍一首奉寄刘秘监赵员外

幽并游侠地，都城百雉连。河汉瞻疑近，云凫信是仙。
楼分霞欲曙，花将月共妍。摛豪倾藻思，献赋足为传。
还知跨乌鹊，夜宿彩云边。

玉壶中插瑞香水仙梅花戏咏一首

寒梅标素艳，幽卉弄妍姿。团团紫绮树，共耀青阳时。
折英欲遗远，但恐伤华滋。置之玉壶水，芳馨消歇迟。

秋夜赋

清漏下数刻，疏钟仍独闻。零露溥夕影，端居澄俗氛。
恬淡斯寡欲，荣名非所欣。乐矣咏王风，忘年栖白云。

述怀

嗟余幼失怙，教养自大兄。厉志务为学，守义思居贞。
闭户读书史，出门求友生。放笔作词赋，览时多论评。
白眼视俗物，清言屈时英。贵富乌足道，所思垂令名。
大兄忽捐馆，母氏继沦倾。恸哭肺肝裂，练祥寒暑并。
钓耕奉生母，公私日侵凌。黾勉二十载，人事浩纵横。
输租膏血尽，役官忧病婴。黾勉事污俗，纷攘心独惊。
罄折拜胥吏，戴星候公庭。昔日春草晖，今如雪中萌。
宁不思引去，缅焉起深情。实恐贻亲忧，夫何远道行。
遗业忍即弃，吞声还力耕。非为蝼蚁计，兴已浮沧溟。
云霾龙蛇噬，不复辨渭泾。邈邈岩涧阿，灵芝烨紫茎。
有志而弗遂，悲歌岁峥嵘。冶长在缧绁，仲尼犹亟称。
嵇康肆宏放，刑僇固其征。被褐以怀玉，天爵非外荣。
贱辱行岂玷，表襮徒自矜。兰生萧艾中，未尝损芳馨。

泊舟一首

泊舟嘉树下，开牖碧江浔。慨然念黄落，景憩惜清阴。
多暇观鱼鸟，容与一登临。蜕迹尘喧久，欲寡天机深。

赠王光大

春服始轻体，嘉树欲垂阴。夫椒结秀色，江流涵碧深。
晴丝正高下，好鸟亦嘤吟。岂无伐木诗，怡此风雩心。

次韵答友生

处世若过客，踽踽行道孤。愿友吉德士，邈焉如凤雏。
人而无恒心，未易为医巫。往者不可作，玉匣埋珠襦。
枳棘何榛榛，上有鸱枭呼。维桐鸾栖止，来匪应时需。
卓荦千里马，壮气塞九衢。驽骀岂其偶，龌龊当盐车。
龙可豢而致，鱼鲔固充厨。未闻商山翁，受廛税以租。
俗人难与言，长吟野踟蹰。青松在涧壑，坐阅霜柳枯。
所嗟郑乱雅，复恶紫夺朱。至道安可言，多金岂征符。
忽为躄疾者，憔悴悲路隅。箪瓢咏王风，耿耿心勤劬。

次韵姑苏钱塘怀古

西子承吴宠，余踪见古台。空遗昔时月，无复昔人来。
台边越兵路，几见起兵埃。酿酒剑池水，玉壶清若无。
挥杯送落月，山鬼共歌呼。松间灯如漆，白骨漫寒芜。
耕凿古隧穿，乃吴桓王墓。金雁随冷风，黄肠毕呈露。

悲歌异今昔，踟蹰缓归步。仙人悲世换，宴景在清都。
寒暑自来往，英雄生钓屠。钱塘江畔柳，风雨夜啼乌。
江山国破后，吊古一经行。辇路苔花碧，御沟菰叶生。
古迹今宁有，新城江上横。南山灵石涧，翠壁掩松关。
张君已厌世，乘螭遂不还。萝磴余幽躅，今复谁跻攀。

赠惟寅

隐几方熟睡，故人来扣扉。一笑无言说，清坐澹忘机。
衣上松萝雨，袖中南涧薇。知尔山中来，山中无是非。
三十不娶妻，四十不出仕。消摇岩岫间，翳名以自肆。
何曾问理乱，岂复陈美刺。高怀如汉阴，终老无机事。

送惟寅

春江烟霭绿，远树明清旭。归雁影斜斜，鸣声断复续。
陈君挂帆去，似与雁相逐。水际白云度，山中甘雨足。
安得从耦耕，柴门艺松菊。去去且入城，怀抱向谁倾。
姚公有古道，虚夷多远情。俾尔遂高隐，狂歌乐幽贞。

贞松白雪轩分韵赋

至正二十三年正月廿日，句吴倪瓒与某某会于贞松白雪轩。其地林石奇胜，窗牖明洁，轩中主人又好文尚古，有文武材款，坐设酒馔相与啸咏，以小谢云中辨江树分韵各赋瓒得辨字。

境静尘虑清，雨余山光变。池馆阒虚闲，琴酌申缱绻。蔚哉春木荣，憩我飞翮倦。石间有题字，苔蚀已难辨。

对春树

端忧对春树，影落身上衣。美人手所成，纫缝愿无违。
步庭悲往躅，瞻景惜余晖。芳襟沾露湿，兰佩委风微。
凝思自的的，染泽尚依依。晨鸡催梦短，夜鹊逐魂飞。
欢爱自兹毕，憔悴损容辉。

送致用游闽

韩众禹穴来，语我长生诀。偶坐听春雨，雨止即言别。
乃知茅君山，贞居相往还。山经许寄我，依依师友间。
贞居登真久，识子十年后。挈箱出遗文，犹作蛟鼍吼。
子去游七闽，渔浦桃花春。白鸥飞送尔，停桡采绿蘋。
幔亭几日到，言笑邈无因。凭将棹歌去，歌向武夷君。

送马生

送子淮南行，系舟江岸柳。翠影舞晴烟，落我杯中酒。
举杯向落日，春水浮天碧。时见白鸥飞，雪光翻绮席。
应笑披羊裘，独钓江边石。

寄杨廉夫

吴松江水春，汀洲多绿蘋。弹琴吹铁笛，中有古衣巾。
我欲载美酒，长歌东问津。渔舟狎鸥鸟，花下访秦人。

寄李隐者

南汀新月色，照见水中蘋。便欲乘清影，缘源访隐沦。
君住钿山湖，绿酒松花春。梦披寒雪去，疑是剡溪滨。

寄韩介石

江上雨云歇，夕阳歌吹蒙。朱弦弹绿绮，令我忆韩众。
鱼戏弱藻下，鸟飞明镜中。梦乘清浦月，直过雪溪东。

次韵呈张德常

陶公兴寓酒，杜老愁亦酌。豪杰千载人，处世何磊落。
吐词蔚忠义，安贫务简约。嗟哉吓腐鸢，邈矣鸣皋鹤。

朱火

朱火日方永，凉风拂琴丝。麋鹿游台苑，燕雀悲火帷。
荡然京辅地，无复汉官仪。众芳曰芜秽，阴凝方自兹。

黄本中书斋为写寄傲窗图

庭树绿交荫，时鸟语清绵。春竹罗径笋，夏花敷沼莲。
慨然三季后，契彼羲农前。古井汲修绠，空斋緪素弦。
长歌归去来，悟悦陶公贤。终寻桃花崦，息景穷幽玄。

为徐有常画叶湖别墅

叶湖水沦涟，松陵在其西。望见吴门山，波上翠眉低。
白蘋晚风起，寒烟远树齐。水蕉笼笔格，露柳罩金堤。
居贞宁汲汲，旅泊自栖栖。屏处观鱼鸟，风雨夜乌啼。

寄穹窿主者

山云淡纵横，幽鸟跂上下。寂寥非世欣，自足怡静者。
平生卧游趣，屋壁何劳画。还期煮茯苓，地炉同夜话。

题原道西溪草堂

春水孤村迥，荆溪罨画西。晚日鸣榔起，山雨竹鸡啼。
樱桃花已落，蘼芜绿未齐。酒船寻贺监，早晚到幽栖。

煮石山房

汲涧煮白石，云栖南涧隈。敲石发新火，荆薪藉余灰。
坐候升降理，静观寒燠媒。遂忘石鼎沸，乍疑山雨来。
丹成同此术，鹤化讵能猜。我亦餐金液，清浅笑蓬莱。

画竹赠以中

吾友张以中，少年如老翁。因过修竹里，邀我碧岩东。
琥珀松醪酽，玻璃茗碗红。子端今已矣，千载事同风。

题墨竹送顾克善府判之高邮

高邮古淮甸，世产不乏贤。顾君往佐郡，才华当妙年。
歌诗隐金石，八音以相宣。侈哉锦囊句，雅甚朱丝弦。
而此艰虞际，抚事一怆然。饥者易为食，君能念颠连。
何以赠子行，墨君霜节坚。

入郭

我初来城郭，新绿余蔷薇。今我既出郭，秋莲落红衣。
郊居岂为是，市隐勿云非。去去将何从，西山行路微。
尘坌夸毗海，游潜四月余。赋归亦无家，块处蜗牛庐。
身世一逆旅，成亏纷疾徐。反身内自观，此心同太虚。

听钱文则弹琴

牛鸣野窌中，鸡登山木上。黄钟杂姑洗，春容以清亮。
别鹄暮鸣飞，流水春演漾。爱尔弦手忘，令我形神畅。
忆昔擅能事，宋袁余所向。钱君生独后，超轶绝尘鞅。
操琴晚闻道，月斧挥天匠。杳如清庙瑟，朱弦听叹唱。
古道久寂寥，古音亦沦丧。促轸泪沾缨，歌诗重悲怅。

题画赠岳道士

义兴岳道士，野鹤如长身。我知弥明徒，不是侯喜伦。
结喉吟肩耸，铁脊霜髯新。手中石棋子，头上漉酒巾。
久居离墨山，自谓无怀民。丧乱不经意，松陵留十旬。
香云作舆卫，长松为主宾。既滋数畦菊，复种二亩芹。
乐哉以忘死，道富宁忧贫。为我具舟楫，相期桃花春。

赠王仲和

荒城夜风雨，草木晓离披。桂馥逗虚牖，苔文滋砚池。
弄翰聊寄逸，永日以自怡。且尽一日乐，明朝非所知。

酬张德机见赠

嘉藻枉我前，令人意也消。展咏当前除，清阴起凉飙。
出何去岩穴，隐何逃市朝。仙师赤城霞，旦旦存神标。

赠张士行

云门有逸客，非仕亦非隐。玉井千尺泉，此士难汲引。
结交云林叟，不顾俗嘲哂。我拙唯任真，子德常戒谨。
相知既有素，力学仰颜闵。久别见颜色，英姿固天禀。
欲疏不能忘，欲亵不可近。

赠友生

春林积雨晴，江渚烟波绿。谷鸟语绵蛮，涧泉声断续。
萝径无来踪，空山闻伐木。时援清琴坐，还同白云宿。

九日过彦行用韵一首

荡舟烟景晚，举杯当素秋。黄花忽在眼，白发乃满头。
临流发悲叹，援琴歌楚调。罢席更淹留，明月波间照。
何事鹿皮翁，逃名隐屠钓。

又赋

九日喜初晴，登高向何处。山色见微茫，波光淡容与。
鼓枻逐轻鸥，看云觅新句。适值无怀民，相对澄神虑。

画竹赠徐季明

梓树阴当户,时闻好鸟鸣。独携一壶酒,展席坐前楹。招邀白鹤侣,吹弄紫鸾笙。杳杳日景晚,纷纷飞絮轻。风翻竹影乱,明月已东生。

对酒

题诗石壁上,把酒长松间。远水白云度,晴天孤鹤还。虚亭映苔竹,聊此息跻攀。坐久日已夕,春鸟声关关。

赠野处民

水声转屋西,山翠浮屋东。床前苔滋雨,门外松吟风。怡然无外虑,心广神为充。曲肱以饮水,至乐在其中。击壤歌往古,宁知事王公。

龙门茶屋图

龙门秋月影,茶屋白云泉。不与世人赏,瑶草自年年。上有天池水,松风舞沦涟。何当蹑飞凫,去采池中莲。

灵鹤辞

陶公职仙署，子良亦冥通。所修杨许业，存思在祝融。
周卿宅丹元，末胤仰仙宗。神明接祈祷，虚夷恒恪恭。
飞霞焕玉检，流响彻金宫。白鹤翔香烟，仙仙载泠风。
舞影绿云上，命侣青田中。晨去瑶草春，莫归海尘蒙。
真灵忽降室，羽车俨浮空。步虚酌明水，逶迤清夜终。

画赠吕志学

江云昏绝巘，汀树犹斜阳。独立霜柳下，渺然怀故乡。
归来茅屋底，篝灯写微茫。

画竹赠志学

绿竹饱霜雪，岁寒无荏容。风至夭然笑，复爱夏阴浓。
寒暑不能移，德比柏与松。岂若桃李荣，春花但丰茸。

答张炼师

安居已度夏，卧病乃经秋。朝菌悲影短，风萍叹波浮。
寸田勤自治，德宅可归休。慎勿与时竞，心境似虚舟。

画竹寄友人

先春竞桃李，凌阳叹蒲柳。谢君静者徒，种竹安所守。
亭亭清净心，郁郁霜雪后。赋诗寄远怀，此君真可久。

陆德中祈雨有感

辟谷清虚久，晨窗餐绛霞。濯神咸池水，宴景丹元家。
忧国悲民瘼，旱郊起雷车。枯鱼出涸辙，槁苗生稻花。
我住清江渚，种芹绕江沙。忽乘莲叶杯，贱我仙掌茶。
拟访安期生，为觅枣如瓜。

卧病

早忧命觞斝，暴下忽经旬。止酒却腥腐，端居谢喧尘。
粗粝除内滞，清虚以怡神。江云载飞雨，飘飘洒衣巾。

矫首咏玄虚，精思候仙真。道园游恬淡，心兵息狂狺。
泠然风涛静，鼓枻银河津。戒哉贪饕子，病源果何因。

次韵全希言

卧疴久不怿，微瘳起行吟。径苔无来迹，出门江水深。
怀我平生友，金兰契同心。欲共一尊酒，道远力不任。
有客闯我户，晤言乐中林。飘萧绿发仙，亦见雪满簪。
取琴与子弹，悠悠山水音。能成伐木诗，歌以慰所钦。

次韵张伯琦

长叹悲人寰，弹琴想天际。夏殷礼相因，孰谓周可继。
大道久榛芜，高才日凌替。遗书叹不泯，授受岂有二。
邹孟道性善，宅路喻仁义。后生事言说，慨彼涕沾袂。
允矣二三子，仰钻互立志。松柏受命独，岁寒郁苍翠。
谁欤无愧怍，夙驾寻吾契。

酬友生

拥褐南荣下，晨暾暖似春。忽思王子晋，醉着白纶巾。
游宴无冬夏，清狂忘主宾。能持麟鹿脯，寄与不羁人。

赠陆有恒

学行美德业，孝弟为本根。朝益以暮习，夏清而冬温。
无逸勤稼穑，干蛊持户门。勿为习俗流，必念古义敦。
谨身尚节俭，从善报兰荪。尧舜虽有子，朱均乃淫昏。
瞽鲧何顽凶，子也大圣尊。莲固生污泥，木可为牺樽。
简编蠹蟫出，各有至理存。惟人异禽兽，暴弃湮其源。
惟学必由本，根深见枝蕃。于何绣鞶帨，外饰奚足论。
安宅正路间，尔居行尔辕。斯道迩且易，至乐不可谖。

寻友人不遇

洲渚多落英，溯流寻远山。轻舟载美酒，摇荡绿波间。
俯咏拾瑶草，遐思隘尘寰。寅缘忽失遇，怅望遂空还。

啄木

何处啄木鸟，飞止于乔林。微形亦以劳，终日闻其音。
所愿木向茂，不使蠹日侵。吁嗟人之徒，曾不如鸟心。

次张仲举韵

秧畴莳已遍，午馌休中林。忽闻轺车至，揽衣欣慨深。
遂寻修竹下，共憩西涧阴。汲泉以煮茗，遐哉遗世心。

薛常州让田诗

延陵古吴地，泰伯有遗风。仁让自家国，士民知孝忠。
春晖草心碧，日暮荆花红。为感使君政，嗟时谁与同。

赠友

父子相师友，周南义理门。阿翁如玉洁，贤嗣似春温。
舍后自生笋，堂阴亦树萱。西山近在望，静默以忘言。

潘公鸣皋轩

白鹤禀灵质，翩翩有奇姿。海月比高洁，岩云共逶迤。
池上菖蒲花，春烟紫绥绥。飞鸣聊饮啄，乘风来下之。
我登鸣皋轩，遂赋鸣皋诗。安得赤玉舄，鹤上吹参差。

西老图

吊古叹流俗，高人陈太丘。开窗玩兰雪，邀我画瀛洲。
池上赋清□，林间□远游。悠然遂永日，下榻更淹留。

为张来仪赋匡山读书处

庐山郁岧峣，上有香炉峰。影落碧天外，翠玉琢芙蓉。
牵萝读书处，云磴无行踪。犹遗石岩苔，花开紫丰茸。
愁心飞春雪，宝剑沉双龙。应化苏耽鹤，归栖千岁松。
仙岩采芝叟，久别倘相逢。

吾友陆友仁甫旧得古铜印一纽以示余辨之文曰陆定之印以名其子而字之曰仲安友仁既没仲安求为赋焉

吾友伯仁甫，览古闵世盲。示我古印章，始得自幽并。
辨之曰定之，释义为尔名。既名字曰安，勖哉在敬诚。
仁甫今则亡，缅怀涕沾缨。繄昔黄太史，结交汉米生。
手持玉刻文，螭纽交纵横。上有元晖字，印刓与弗轻。
殷勤字其儿，祖武冀可绳。久矣学业懋，继述晖芳英。
书画比二王，价重十连城。高躅思仰止，景行尔其行。

恻恻行

三月十五日，陆玄素将从梁鸿山归吴松之上，是夕，坐至夜分，始别。余入舟赋此，追至梁鸿山寄之，以定及冬重来之约。

恻恻复恻恻，忧思从中发。感子远来访，畏子遽言别。不有同心人，何以慰孤寂。矧兹春夏交，萧艾盈路侧。江水亦浩漾，风帆还飘突。行将阻携手，转觉意忽忽。交好匪在今，高谊敦自昔。人生宁无别，所悲岁时易。坐叹辛夷紫，还伤蕙草碧。仆夫窃相告，怪我悲愤塞。山中梁鸿栖，江上陆机宅。井臼今芜秽，鹤唳亦寂寞。余往经其壖，徘徊但陈迹。天地真旅舍，身世等行客。泛泛何所损，皎皎奚自益。修短谅同归，数面聊欢怿。

瞻云轩

金君伯祥，名其先君墓左之室曰瞻云轩，盖以寓夫孝思油然之义也，若夫父祖之魂气精神其吻合，感通之妙斋思则如见敬祭，则来格开牖则天光临凿池而泉脉动，洋洋乎如在其上，如在其左，右者云岂足为喻哉，于是广其义而为之诗曰：

白云起石上，迅逸如迸泉。泛演乎林莽，飘飖乎山川。飞霞共联络，凯风与周旋。开轩涤遐想，我思何绵绵。顾瞻忽在兹，亦复停披焉。卷舒无定理，变幻徒萦缠。兴念松下尘，若承鹤上仙。空花结浮翳，百态交我前。戚欣从妄起，心瞀□□然。当识太虚体，勿随形影迁。

张尊师祠醮感致瑞鹤

我识白云君，尚友赤松子。仙署阏清严，社公随役使。
步虚礼初日，飞神谒钧天。时有五白鹤，飞飞绕香烟。
手栽千树桃，风吹劫灰尽。避世星坛西，深竹闻清磬。
倏来密雾集，忽逐泠风还。窗里遗瑶瑟，空中锵佩环。

题赵若岩龙山精舍

我生倦驰骛，无机如汉阴。重游古兰若，对山开我襟。
风流李谪仙，赏静谐夙心。琅然哦新诗，如闻大雅音。
回首石林晚，白云花雨深。

池莲咏

回翔波间风，的历叶上露。清池结素彩，华月映微步。
云阴花房敛，雨歇芳气度。欲去拾明珰，踟蹰惜迟暮。

送陈惟允之金陵

雪消江水绿，花发冶城春。白下乌衣处，轻舟去问津。
指日望京国，行歌非隐沦。好及三釜养，归来以荣亲。

徐氏南园对雨

樱桃花欲落，风雨暮凄迷。忽忆郊园日，竹林通涧西。
弱蔓滋野援，兰叶长芳畦。念我当时友，蒿莱没旧溪。

题画赠九成

故人郯掾史，邀我宿溪舡。把酒风雨至，论诗烟渚前。晨兴就清盥，思逸爱春天。复遇武陵守，共寻花满川。

至正十二年三月八日冒风雨过九成荆溪舟中，刘德方郎官方舟烟渚，留宿谈诗。明日快晴，移舟绿水岸下，相与啸咏。仰睇南山，遥瞻飞云。夹岸桃柳相厕，如散绮霞，掇芳芹而荐洁，泻山瓢而乐志。九成出片纸，命画眼前景物。纸恶笔凡，固欲骋其逸思，大乏骐骥康庄也。欧阳公每每云笔砚精良。人生一乐，书画同理，余亦云焉。时舟中章炼师、岳隐者对弈，吴老生吹洞箫。

早春对雨寄张外史

林卧对云雨，忧来不可绝。褰帷望庭际，春风动林樾。
飞萝散成雾，烟草绿如发。不见高世人，饥渴何由歇。
神鸾戏玄圃，巨鳞偃演渤。尔亦碧岩中，遁形修隐诀。
烧香庭竹净，洗研池苔滑。取瑟和流泉，操瓢酌明月。
迹高行亦苦，冰蘖忌芳洁。何当往相寻，拂石栖松雪。

正月廿五日赋

春岸生蘼芜，春风生兰茝。梦见平生欢，美人今何在。
丹槁玄以白，忽忽容鬓改。忧来谁能整，忧来谁与解。

贻张玄度林宗道

萧条风雨秋，沉寂窗牖晚。故人山中来，杯酒意勤恳。
敛眉念乖阔，握手话情悃。千载鹤怨悲，九时蓬苯蒪。
市脯良不易，枯鱼杂干馔。浮云几番覆，人事匪余忖。
得时宁足夸，失势焉用愤。荆溪丘壑多，松水饶芝菌。
结茅驾崖广，云栖且安稳。夏清冬奥燠，何事锸与畚。
逐逐阛阓游，戚戚尘俗混。张子邃古学，林君业务本。
达人解其会，略近宜志远。钟氏曷仇嵇，司马亦藉阮。

鹿游姑胥台，鸟下长洲苑。麻姑固狡狯，蓬莱叹清浅。
七秩吾已老，一篑君宜勉。后会未可卜，作诗陈缱绻。

七月廿四日风雨寂寥与玄度集宗道南窗具酒肴宴谈遂以永日因赋。

次韵别郑明德

思君阻言笑，三岁同一日。既见令人怒，不见令人忆。
挥觞纵谑浪，抗论殚今昔。世方杂泾渭，已乃忘得失。
馋涎饫甘美，醉眼乱朱碧。少逢人眼青，每遇俗眼白。
不随世混混，自喜心得得。讲学日光辉，盖性久循率。
不意吴市门，尚复有此客。茅斋素壁上，佳句手自摘。
枫林已摇落，梅蕊尚未折。吁嗟岁云暮，感叹终日夕。
残生能几面，念此气填臆。富贵真可羞，功名竟何物。
世事蟹登簖，危机猩着屐。翁乎善自守，□体保宁□。
去去勿重陈，且复混玉石。

重改春日云林斋居

临池春流驶，扫地入阴满。正襟味道言，超遥坐溪馆。
岚岭当书榻，烦襟一舒散。靡靡松花黄，逐逐云气暖。
石梁青苔合，于焉人迹断。故非与世疏，冥栖遂忘返。

倪云林先生诗集卷之二

八世孙珵重刻
十三世孙大培增订

送徐君玉

闽江之水清涟漪，隔江名园多荔枝。闽中女儿天下白，越波飞桨逐凫鹥。棹歌清绵洲渚阔，荡桨落日令人悲。蛮烟怪雨忽冥密，蒋芽蒲叶相参差。此中胜事不为少，徐郎远游牵我思。

寄张徐二秀才

东胶山麓缭修阻，春水鸣渠竹满园。玄真栖遁乐耕钓，徐孺风流存子孙。适我骑犊诣其处，荷尔作黍留清言。夜阑把烛竟归卧，烟草蝶飞劳梦魂。

十二月七日岳季坚夜坐走笔书赠

僧扉共卧风雨夕，岳生清真何太颠。持家有弟足自慰，无钱沽酒殊可怜。梅蕊冲寒愁欲破，灯花恼人故生妍。孰知旅枕作孤梦，周处庙前行买船。

为曹佥事画溪山春晓图因题

荆溪之水清涟漪，溪上晴岚紫翠围。连舸载书烟渚泊，提壶入林春蕨肥。身远云霄作幽梦，手栽花竹映竹扉。矶头雪影多鸥鹭，也着狂夫一浣衣。

奉道曹文贞公墓道奉先亭

奉先亭子山之阴，云气低回何处寻。乌啼隧道风林静，藓剥龟趺雨溜深。故老犹言前日事，鲰生谩感二毛侵。河山流峙英灵在，世事纷纷一短吟。

古意一首次韵答曹德昭

齐王好竽客鼓瑟，操瑟何以干齐门。古人结交多豪杰，况尔封君之子孙。王国陈诗终大雅，楚俗尚鬼悲招魂。相思日暮不可见，鸿飞冥冥目力昏。

岁己酉八月十四日寓甫里之野人居刘君元晖邀余酌酒快雪斋中对月理咏因赋长句

凉月纷纷疑积雪，凝晖散彩白于银。此时独酌开轩坐，便欲剡溪寻隐沦。尔营茅斋名快雪，我醉行吟踏秋月。河汉无声风露寒，心境泠然□一洁。

刘君元晖八月十四日邀余玩月快雪斋中命余诗因赋

卷帘见月形神清，疑是山阴夜雪明。长歌欲觅剡溪戴，怅然停杯远恨生。尔营茅斋名快雪，邀我吹笙弄明月。明星如银浮翳消，垂露成帷桂花发。酒波荡漾天河倾，笙声袅袅秋风咽。古人与我不并世，鹤思鸥情回愁绝。

苦雨行

孟秋苦雨稻禾死，天地晦冥龙怒嗔。南邻老翁卧不起，漏屋湿薪愁杀人。自云今年八十剩，力农一生兹始病。两逢赤旱三遇水，租税何曾应王命。吾今宁免身为鱼，死当其时良可吁！

延陵道

延陵道去国千有余里，民风质直。昔季子攸居义兴，其属邑过百里，而远丽于南隅。民当西晋有周处，肆勇斗狠于乡闾。人皆以为患，父老扬言其非。一朝发愤易行忠孝俱。其殁已千载，民今仰而祠。兹亦余之邻邑也，春服始成，来游而来娱。式逢刘公，扬镳踟蹰。酌山之泉，瀹渚蒲。相率奠拜，步趋襜如。叹咏而去，方舟载涂。锡山之阳，其水舒舒。山气磅礴而敷腴，上升为云雨，弥满乎九区。厥土沃若，君子于以田渔。公度中流，扬扬其旗。载挹载注，原兹古初。眷此平墟，实太伯所都。夫子所谓至德也已矣。吁嗟溯流百世下，闻其让者尚敦乎薄夫。

余不溪词

开玄馆在余不溪滨，距溪无百步，上清王真人所立。溪流冬夏盈演，玉光澄映，与他水特异，故为名焉。庚午岁春，因市药过浙江，趣便道将归梅里,俯斯水而悦之,溯流闲咏,盥濯平津,顾瞻坛宇,近在东麓,遂舍舟造其下。真人为出酒脯,燕啸岩洞,竟日乃返。悠悠徂岁,忽已十有七寒暑矣。余既为农畎亩,身依稼穑,复迩政繁,奔走州里,欲为昔游其可得乎?炼师下骞物表,闲情夷朗,周览宇内,将还真馆,余因仿像畴昔之所睹,极道山之清婉,追赋短章,以饯斯别。若夫超踪溷浊,逍遥玄迈,盖深志于是矣。览而咏言,能无动悲慨乎?

余不溪水绿生蘋,放舟演漾当青春。舟随鹤影忽行远,洞口桃花飞接人。云松蔽亏烟萝席,俨在溪东之石壁。羽人垂衣坐鼓簧,馈我晨餐芝菌香。从兹更发洞庭渚,濯发咸池临故乡。

余不溪水涵绿蘋,微风吹波蹙龙鳞。看山荡桨不知远,两岸桃花飞接人。溪回路转松风急,竹林华房霞气湿。忽逢道士颀而长,疑是韩国张子房。相期飘拂紫烟里,下揽沧溟浮玉觞。

醉题许生败壁

生有破屋山西村,风雨不出卧衡门。丛书其间读且温,客来辍书就琴樽。寂寞古道安可论。

陆隐者祷雪获应

纥干山头黄草枯，年年雪花大如掌。春风草绿牛羊蕃，谁为祈禳复谁赏。南雪由来到地消，今年冬暖知为天。民间祷雪诚希有，旱祷桑林闻昔谣。

醉歌行次韵酬李征君春日过草堂赋赠

昔闻杜陵之茅屋，汀花冥冥汀树绿。旧题新咏答年华，种术行椒绕山麓。石床丹灶青琅玕，春渠流水夜潺湲。当年宝剑沦黄土，空余山月照波间。今我不乐怀往古，短世纷纷谁比数。花下欣逢李白来，山鸟溪童亦歌舞。酒酣长啸五情热，轩冕何荣筑岩说。邈然抗节饿首阳，何异佯狂抱贞洁。君歌已竟歌我诗，贤愚荣悴百年期。少文岂爱壁间画，老疾俱来难命驾。仰视翕忽浮云驰，安得乘螭与云化。杨花萦梦满晴天，迸蛰春雷惊醉眠。李侯神清色不动，手敲茶雪落轻烟。相逢为乐诚草草，竟欲携君卧烟岛。城郭秋风白鹤飞，海上餐霞不知老。

杜陵昔年有茅屋，浣花溪边锦江曲。古人不见春风来，桃李无言自山麓。石床藓涩青泥干，决渠流水夜潺湲。可怜宝剑埋黄土，空余山月照波间。今我不乐空怀古，短世长年谁比数。花下那知李白来，山鸟恣歌童亦舞。酒酣大笑五情热，作相形求筑岩说。夷齐相逝居首阳，逍遥采薇饱芳洁。勿歌虞夏神农诗，贤愚等是百年期。鲁连耻春亦蹈海，笑尔局促商山芝。少文壁间对图画，莫待老来谁命驾。仰看翕忽浮云驰，安得乘螭与之化。漠漠杨花萦远天，迸蛰晴雷惊醉眠。李侯神爽色不动，手中茶雪落轻烟。逢君此乐诚草草，便欲携君卧烟岛。海上千年白鹤飞，世人胡为而自老。

送潭州鲁总管

翙翙文鹓飞渡淮，葳蕤五采下天阶。西畴昨夜雨初遍，田父讴歌有好怀。
湘潭山色随轻毂，谈笑来为此州牧。隔岸桐林散绮霞，三月洞庭春水绿。

题曹云西画松石

云西老人子曹子，画手远师韦与李。衡门昼掩春长闲，摇毫动笔长风起。
叶藏戈法枝如籀，苍石庚庚横玉理。庭前落月满长松，影落吴松半江水。

赵千里扇上写山用郑山人韵题

谁见解衣作盘礴，卷怀云烟归掌握。春雨冥冥江水波，竹间日暮衣裳薄。
零落王孙翰墨余，越王台殿久荒芜。要知人好画亦好，爱比当年屋上乌。

郑有道隐居梁鸿山因寄

伯鸾近在东山陲，室无孟光唯两儿。草堂资烦王录事，莲社缘依远法师。
迎我扫除松下雪，因君起写壁间诗。便知从子遂真隐，深谷紫芝堪疗饥。

题柯敬仲竹

谁能写竹复尽善，高赵之后文与苏。检韵萧萧人品系，篆籀浑浑书法俱。
奎光博士生最晚，耽诗爱画同所趋。兴来挥洒出新意，孰谓高赵先乎吾。

江南曲

春风颠，春雨急，清泪泓泓江水湿。落花辞枝悔何及，丝桐哀鸣乱朱碧。
嗟胡为客去乡邑，相如家徒四壁立。柳花入水化绿萍，江波摇荡心怔萦。

赋耕云

大茅峰前万顷云，烟耕雨溉晓细缊。也知神物无根蒂，谁种空山谁与耘。
爱君茅屋当南便，闲看阴晴玩其变。白鹤眠松夜夜归，朝逐孤云如匹练。

泛沧浪

沧浪可濯缨，春雨看潮生。斫得木兰桨，欲向桃源行。
桃花源里秦人住，花发绮霞明处处。何用文章寄武陵，时有渔郎自来去。

对梓树花

去年梓树花开时，美人明珰坐罗帷。今年梓树花如雪，美人死别已七月。
梓花如雪不忍看，沉吟怀思泪阑干。鸣鸠乳燕共悲咽，柳绵风急烟漫漫。

恒德堂

虚林闲居养黄宁，隐几消遥游玉京。怡然乐康息天鲸，良医良相仙道并。
厥施同仁而异名，没身身存故长生。龙虎佩符凤皇翎，出戏玄洲入紫清。
一念不已三千龄，子能神视庐幽贞。观恒斯见天地情，气专志一德乃恒。

画竹

吾友王翁字元举，唤我濡豪画缣楮。乔柯修竹苍藓石，霜叶风梢碧滋雨。
湖州仙去三百祀，坡翁高绝孰与侣。黄华父子亦间出，气粗惜产旃裘所。
本朝高赵妙一世，蔑视子端少称许。蓟丘黄岩笔墨间，瑞鹤神鸾竞翔翥。
二公去后无复有，谷鸟林乌谁指数。奎章博士丹丘生，未若员峤能濡呴。
道园歌咏誉丹丘，坡晓画法难为语。常形常理要玄解，品藻固已英灵聚。
少陵歌诗雄百代，知画晓书真谩与。坡深书画诗更妙，味永甘香试耽咀。
嗟余生后爱诗画，所恨遨游不从汝。王翁好古已成癖，说史谈诗身欲羽。
吴江遇我涕纵横，饭我羹芹一炊黍。晚持此卷索涂抹，丑妇为颦走邻女。
此诗此画君勿笑，焚弃笔砚当樽俎。

赠季丙卿

季子萧条千古心，断碑荒冢在江阴。行人过客宁知此，春雨年年江水深。
家园正近延陵郭，世远义风犹未薄。独识寥寥末派孙，种杏成林惟卖药。

题王元用秋水轩

秋水如玉涵绿蒲，玉壶美酒清若无。佳人倚窗调锦瑟，文君劝饮坐当垆。
昔年种柳绕汉南，树今摇落人何堪。惟有年年秋水至，翠烟石黛漾晴岚。
开轩清映临秋水，斜日荷花淡相倚。凌波微步袜生尘，交甫凝情佩还委。

赋清隐阁

尔营草阁名清隐，著在轻鸥远水边。春池觅句政思尔，拄杖敲门忽系船。
共赏奇文哦庾信，更夸草圣法张颠。到此自忘归兴逸，研云归写古苔篇。

题画

橘窗春夜雨潺潺，剪烛裁诗画碧山。迸水定侵林下路，蕙花委砌石苔斑。
梦乘艇子清江阔，坐听桡声暗相拨。未必渔翁似我闲，棹歌不待鸣鸠聒。

画竹赠王允刚

子猷借地种修筠,何可一日无此君。叶笼书席摇翠雨,阴结香炉屯绿云。
闻孙住近吴江渚,二仲遨游如蒋诩。置酒邀余写竹枝,隔竹庖人夜深语。

次韵鹤诗

丹凤葳蕤何处藏,翳兹天孙云锦裳。戛然长鸣引圆吭,晨飞岷峨暮良常。
玉笙寥寥佩琅琅,千年仙骥时归翔。步苔饮泉下趋跄,忽然不返岁月长。
尔居鸡群独彷徨,羽衣犹白未老苍。清都霄台应已忘,啄腥吞腐尘土乡。
乘轩岂复思华阳,樊笼未离勿张皇。

写墨竹赠顾友善

顾伯末派隐君子,林居江渍古东里。澡身洁行读书史,思友天下之善士。
绿竹猗猗蔚材美,独立不惧群不倚。长吟挥毫为君起,写其形模惟肖似。
谅哉直清可以比。

赋翠涛砚

岳翁尝宝翠涛石，今我还珍翠涛砚。翠涛沄沄生縠纹，云章龙文发奇变。米章砚山徒自惜，此砚颠应未曾见。我初避乱失神物，玉蟾滴泪空凄恋。珠还合浦乃有时，洗涤摩挲冰玉姿。书舟轻迅逐凫鹥，喜出火宅临清漪。松云磨香淬毛锥，天影江波□碧滋，一咏新诗开我眉。

康素子杂言一首

道德五千言，玄之而又玄。谷神不死曰玄牝，用之不勤以绵绵。太原道士康素子，口讲此书手画指。犹龙之后有蒙庄，回薄宇宙有根柢。胡蝶栩栩观物化，濠鱼洋洋乐何似。壶丘弟子御风游，游仍有待曷足恃。居轮神马鸿蒙外，恍惚杳冥随所止。化人之居邻太清，十二重楼临五城。千劫谓如一食顷，不起于座空飞行。王乔鹤上吹玉笙，食枣东海安期生。云车霓軿到平地，渴饮悬河又为倾。大茅登云二弟迎，紫虚永和传玉经。杨曦以嗳许长史，玉斧清映道初成。贞白子微如日炯，千岩万壑春冥冥。葛玄祭炼匡庐顶，渊雷一声眠鹤醒。道陵章奏阳平治，子孙绳绳祖武继。重阳晚出金未裔，全真尔名钦世世。仰瞻在昔老庄列，近比肝胆远胡越。要知道不出智勇，疾似秋空鹰一擞。素乎素乎尔，邻乎道德而不孤。凡夫皆具仙真体，一扇仁风病即苏。

画寄王云浦

吴松江水漾春波，江上归舟发棹歌。邀我江亭醉三日，凤笙鸾吹拂云和。
纷纭省署縻官职，老我澄怀倦游历。看君骨相自有仙，故作长松挂青壁。

赵荣禄马图

尝闻唐开元时，画马曹将军。妙合变化神纷弦。少陵为作歌，其词蔼如云。又闻宋元祐之中李龙眠，画法奄出将军前。苏黄二子夸神骏，险语惊飞蛟蛰渊。国朝天马来西极，振鬣驽骀为辟易。玉堂学士写真龙，笔阵长驱万人敌。学士歌诗清且腴，当时作者数杨虞。画成题咏两奇绝，价比连城明月珠。吁嗟天马天一隅，宝绘于今亡已夫。学士多师内厩马，得法岂在曹李下。俗工未解知神妙，此日罢驽遍区夏。好事流传亦苦心，谁为幽赏伯牙琴。独悲兰亭茧纸随零雨，转觉临写纷纷费毫楮。

赠丁医士

泊舟风雨芙蓉城，江上君山云锦屏。我来已是千年后，馆主子孙犹识丁。
丁君手炼不死药，芙蓉仙人久相约。孤鳏七十老无家，种杏春林看落花。

寄徐元度

二月苦雨昼如晦，闭户独眠无所为。黄鸟翻飞乍依竹，樱桃烂漫开满枝。
起觅杜康欲自慰，坐无徐孺令人悲。春帆早晚江西去，东湖宅前舟可维。

送钱成大赴淮南

桐柏山高淮水阔，道涂悠悠心忽忽。大藩作镇据两淮，公侯干城孰予越。
带雨春潮送橹声，淮山千里青相迎。隐居行义今寥落，到邑烦君访董生。

奉寄沈理问

紫霞虚皇之上清，迢迢十二楼五城。烟雾囱扉乌为使，霞绡衣裳翠织成。
云旂翠旓集真侣，清露如铅笼玉宇。回看人世万蚍蜉，扰扰泥涂困云雨。
骐骥絷足鸣何饥，黄鹄截翮不得飞。杜鹃哀号鹧鸪泣，苦竹岭头无月辉。
可怜仙凡一尘隔，哀乐纷纶殊不极。人间亦有学仙人，神巫儌儌舞瑶席。
精灵翕忽虹影长，觞湛桂酒羞枫香。云情蜷局难为驻，世味膻腥不足尝。
仙人旧亦人间住，乘云往列仙曹署。愿从帝所话悲辛，明良留心乃奇遇。
我闻天道自循环，福善殃淫帝或关。令威亦成归来愿，岂遂忘情出两间。

蝳蝀一首

岁已亥春仲月之六日，自寅迄酉震雷且雪。甲辰暮冬日癸卯，蝳蝀见为震陬。飞龙挟雷震，落景皎出月。老夫频年熟灾异，夏凄其风冬乃热。昼雾暝如夜，淫雨十旬浃。疲农不使憩残喘，志士不得安岩穴。国之祆沴古亦有，十月震电天或陨石或雨血。人君修德灾可弭，桑生于朝赫王业。方今滔滔天下垫锋镝，四起群豪杰。孰能拯乱以为治，嗜仁而不虐。吁嗟斯民命矣，夫荼毒残伤亦何辜。

题画赠吕彦贞

江上秋雨晴，泊舟烟水汀。孤吟谁和予，悠悠蟪蛄鸣。故人邀我留三宿，豆畦萝径居幽独。松醪陆续酌山瓢，灯影纵横写风竹。水光云气共悠悠，鹤思鸥情乐此留。无褐无衣悲肮脏，三沐三衅叹伊优。君自息机江上住，我且沿洄从此去。图讫新诗草草裁，眼底流光水东注。

赋许君震杏林小隐

江上春雨歇，乔柯散繁花。开尊藉莓苔，共醉仙人家。
霁景丽华彩，微波摇绛霞。东风夜来急，吹雪满江沙。
明朝杏熟虎为守，郊原绿遍闻鸣蛙。

郭文显善推人祸福神验赋赠

昔者马季主，卖卜如有神。郭君言祸福，奇中季之伦。顾我年衰野而戆，尚复纷纷婴世网。为卜明年春水生，欲问桃源刺渔榜。

姚节妇诗

节妇复节妇，处心良独苦。苟不义以生，宁从义而死。荆南流水石齿齿，寇辱形亏浼清沘。妾可死不可辱，夫从父生死携女。妇兮妇兮死所安，使我感激涕汍澜。古今出处多射利，委身事国为贪奸。嬴王易主意未殚，身没令名生美官。呜呼史臣直笔古来少，孤臣直节令尤艰。

李征君将还扬州因言沈郎官吴中赋此以寄

二月桃始华，淮南客还家。阶前疏雨落，堂上春衣薄。为言沈约在吴中，玉壶青丝酒如空。春风相过蕙草绿，芳菲满堂乐未终。

送潘生适越

镜湖春水绿沄沄，两岸杨花飞白云。落日系舟微雨歇，一壶浊酒饭香芹。嘉尔盛名年少得，笔精墨妙比羊欣。日长高卧无余事，应有人书白练裙。

秋鹤轩

开轩北郭名秋鹤，鹤影翩翩向寥廓。不见千年丁令威，悲嗟城郭是耶非。纷纷霜叶飘庭树，苔色荒阴翳烟雾。草径逶迤深树中，时有山僧自来去。

送顾生归四明

江上买舟归四明，竹枝袅袅秋风生。好营三釜为亲养，此去千里飞云情。禾稼登场候雁至，雾雨如晦晨鸡鸣。舒王旧日宰邑处，苔石纵横湮姓名。

题陈氏斋壁

爱尔茅斋少尘杂，时来下帷清昼眠。风流政使书裙去，懒惰惟知坦腹便。林间病鹤尚俯啄，池上山鸡徒自怜。何为当年种桃者，移家偶脱区中缘。

宿萨判官家听琴

萨公能琴贤且文，城闉一遇何欢忻。高堂扫榻新雨霁，为鼓潇湘之水云。竹林萧瑟风袅袅，山日掩霭波沄沄。曲终推琴意愈淡，忍即别去随飞蚊。

十一月廿三日率性德原共载过林下而余适不在遂返棹竟还明日诗来因次韵重邀之

云林风雪德不孤，指顾可求涂岂迂。两忘主宾政自好，一以礼法何其拘。我方飘忽念岁月，君乃疏豁笑人奴。再为理棹急相就，放笔看写狂游图。

至正十三年三月四日同章炼师过张先生山斋壁间见柯敬仲墨竹因怀其人其诗文书画鉴赏古迹皆自许为当代所少狂逸有高海岳之风但目力稍恕耳今日乃可得耶

柯公鉴书奎章阁，吟诗作画亦不恶。图书宝玉尊鼎觯，文彩珊瑚光错落。自许才名今独步，身后遗名将谁托。萧萧烟雨一枝寒，呼尔同游如可作。

赠陆子华

为爱泖西春水绿，三年不来今乃复。如来不三宿桑下，子华留我经旬宿。东邻唯有沈休文，文字诗篇与讨论。时时亦复具鸡黍，未能厌饫嘉盘飧。为君吐出无味句，叹尔网鱼共濡煦。不作卑卑儿女情，仰天大笑飘然去。

赠顾定之

轻薄纷纷新少年，论诗作赋如涌泉。为云为雨手翻覆，背面倾挤当面怜。
阿翁七十仍逾四，与我同心生并世。高卧白云餐绛霞，草堂门对灵岩寺。

赠丘氏兄弟及周生

岑参兄弟皆好奇，二丘那复论东西。款门看竹我初到，置酒投辖乌欲栖。
扫壁写图观落墨，瀹芹留坐缀新题。东风甚与周郎便，桃李阴阴昼满蹊。

赠陶得和制墨

麋胶万杵捣玄霜，螺制初成龙井庄。悟得廷珪张遇法，古松烟细色苍苍。
桐花烟出潘衡后，依旧升龙柳枝瘦。请看陶法妙非常，一点浓云琼楮透。

丙午十一月十九日避泖上丁未十二月十六日始去此至陈溪分湖间矣因写乔柯竹石并诗

泖渚淹留再燠寒，移居何处卜林峦。可怜产不能恒业，聊复心随所遇安。
船底流澌微淅淅，苇间初日已团团。故人存没应难访，愁里题诗强自宽。

倪云林先生诗集卷之三

八世孙珵重刻

十三世孙大培增订

与张贞居云林堂宴集分韵得春字

青苔网庭除，旷然无俗尘。依微樵径接，曲密农圃邻。
鸣禽已变夏，疏花尚驻春。坐对盈樽酒，欣从心所亲。

用虞道园韵奉赠谢长源

公子太傅裔，好于湖上居。卷帘微雨里，岸帻晚风余。
古刻秦斯篆，玄经许椽书。何当寻好事，鼓枻及秋初。

题张德常良常草堂

一室良常洞，幽深古大茅。风瓢元自寂，畦瓮不知劳。
独出逢骑虎，初来学种桃。还应白云里，迟子共游遨。

翠壁邻丹灶，青枫背草堂。琴书聊卒岁，麋鹿自成行。
涧水流杯滑，飞花入座香。能无问津者，及此系舟航。

赠王生蒙泉

晓镜拂秋水，晴檐度白云。青春去浩浩，艳蕊落纷纷。
道在形神豫，心由瞭眊分。君其慎语默，世事岂余闻。

俞子中见过

积雨众芳歇，新晴生绿阴。独眠方不惬，多子复相寻。
鸣鹿在春野，啼莺闻远林。余怀良已罄，咏啸罢清琴。

赋平野

见话幽人屋，荒城落日边。川途漫浩浩，烟树霭芊芊。
野稻初收碧，江鱼上钓鲜。何当剩沽酒，直到尔门前。

对雨次张贞居韵

户庭来游绝，园林飞雨滋。芳气初袭蕙，圜文复散池。
裁书恐沾湿，对溜谩怀思。清溪已可泛，方舟幸及兹。

奉答明卿先生

林霭去鹤唳，孤烟原上村。稧涧绿云满，换帻晴景暄。
处和斯遗隘，抱冲自寡言。君亦固穷节，众溺何当援。

题张氏丛竹轩

高轩自虚旷，幽竹亦丛生。苔石寒依玉，风泉夜奏笙。
治冠轻可着，酝酒绿因名。好折青鸾尾，仙坛扫月明。

游善权洞

来窥善权洞，一上李公楼。水玦岩前引，云旌松际浮。
然灯长不夜，垂钓只虚舟。欲读吴朝刻，真成冒雪游。

赠简上人

初公经阁里，复遇简禅师。好饮茅君酒，狂吟杜牧诗。
钱塘江上去，杨柳花飞时。帆影青山隔，依依梦见之。

友人期过寺中不至

山寺拥炉夜，风声如怒涛。独吟何水部，还思王骑曹。
旷达余所羡，阻别心增劳。来兹慰幽寂，轻舟幸即操。

义兴吴国良用桐烟制墨黑而有光胶法又得其传将游吴中以求售辄赋诗以速其行云

生住荆溪上，桐花收夕烟。墨成群玉秘，囊售百金传。
孰谓奚珪胜，徒称潘谷仙。老松端愧汝，桐法更清妍。

赠墨生

岩谷春风起，桐花落涧红。隔水轻烟发，收煤石灶中。
豹囊秘玄王，鹅池生白虹。汤生法潘谷，千载事同风。

题方崖墨兰

萧散重居寺，春风蕙草生。幽林苍藓地，绿叶紫璚茎。
早悟闻思入，终由幻化成。虚空描不尽，明月照敷荣。

送徐元度还江西

悠悠西江水，绵绵江上山。借问离群鹤，孤飞几时还。
白雪亦忌洁，青云安可攀。时时王子晋，吹笙向人间。

秋日赠张茂实

久客东海上，秋风吹练裙。放言爱庄叟，笑癖如绿云。
采药清晨出，哦诗静夜闻。沧浪可濯足，吾与尔为群。

悼朱高士

秋日高人逝，微霜蕙草摧。鹅群空碧沼，鹤影自层台。
应御冷风出，疑随密雾来。杉松暮萧瑟，抚事有余哀。

云槎轩

已比沟中断，空思海上浮。随云秋泛泛，贯月夜悠悠。
无路通河汉，凭谁问女牛。漂摇非有待，吾道付沧洲。

寄王叔明

能诗何水部，爱石米南宫。允矣英才最，居然外祖风。
钓丝烟雾外，船影画图中。他日千金积，陶朱术偶同。

悼项山清上人

幽旷山中乐，飘飖物外踪。梵余闲憩石，定起独哦松。
花落春衣静，云垂涧户重。依依种莲处，林暝只闻钟。

赋德机征君荆南精舍图

结庐溪水南，胜事足幽探。夏果足山雨，春衣染夕岚。
石欹招鹤磴，门俯射蛟潭。日日萦归梦，萧条雪满簪。

追次唐綦毋潜宿龙兴寺诗韵寄方崖

无家何处归，南渚有禅扉。湘簟间秋水，池莲坠羽衣。
砚池滋黯黯，竹露净微微。秋燕情如客，搀君去桨飞。

又赠道益

昔者刘高士，匡山曾结庐。插篱培杞菊，充栋著图书。
鹤影秋云外，蛩吟夜雨余。茂深绳祖武，息景在林居。

又赠道益并似陆明本

作赋云间陆，能诗邺下刘。悲秋多远思，捩柁作清游。
竹冷侵衣屦，窗虚见女牛。灯前一杯酒，漂泊更维舟。

送宗天章归庐山

屏风茅九叠，归伴鹤巢松。五老峰前路，东林寺里钟。
宗雷忧入社，陶谢莽遗踪。我亦名山隐，他年何处逢。

赠公远

霜叶落欲尽，晚山看更青。蹑将沙际屐，坐久水边亭。
俯仰已如梦，漂摇同泛萍。稻粱非所恋，黄鹄思冥冥。

寄道士王宗晋

王君旧隐地，闻更结茅茨。鹤氅春裁苎，鹅群雪泛池。
时歌绿水曲，不负碧山期。夜雨生春草，令人起梦思。

寄剡九成

州府今为椽，风埃多厚颜。香芹浑满涧，去鹤未巢山。
思逐春云乱，心随野水闲。章君应话我，樗散碧岩间。

邀张彦高

清风入庭户，野客意悠哉。一与佳人别，阶前生绿苔。
郁郁松阴晚，悄悄竹扉开。我有盈樽酒，悬榻待君来。

用韵重□

山斋秋听雨，高卧兴悠哉。鹿饮荒池水，□□石径苔。
宝瑟芳尘满，临尊讵忍开。长吟我有待，蹑屩子能来。

寄张德常

卜宅近溪西，云烟只尺迷。昼眠同野鹤，晨类候林鸡。
旧种松三径，春栽菊满畦。来禽与青李，囊致不封题。

三月十日义兴王子明送竹箘赋诗

竹下拾烟箘，筠篮初送将。亭亭似三秀，楚楚异众芳。
犹带雨露气，更怀泉石乡。此日山中客，笋蕨得新尝。

高进道水竹居

我爱高隐士，移家水竹边。白云行镜里，翠雨落阶前。
独坐敷书席，相过趁钓船。何当重来此，为醉酒如川。

张天民溪亭

罨画溪亭月，当窗影更妍。朱弦弹绿水，细柳舞春烟。
杜牧何年宅，山僧栖夜禅。张公一杯酒，独醉羲皇前。

送王叔明

连榻卧听雨，剧谈清更真。少年英迈气，求子不多人。
仕禄岂云贵，贝琛非所珍。当希陋巷者，乐道不知贫。

积雨

积雨生朝菌，微风堕碧莲。鹅池汲书水，鹤帐理琴弦。
屐蹑苔衣□，窗承树影圆。空林无与语，长夏曲肱眠。

赋雪蓬

手把玉麈尾，身披素绮裘。梨花萦夜月，柳絮入虚舟。
不作饥鸢咏，其如载酒游。因怀剡溪兴，烟水暮悠悠。

孤云用王叔明韵

烟浦寒汀雨，吴山楚水春。绝无凝滞迹，本是不羁人。
鹳鹤同栖息，蛟龙任屈伸。自嗟犹有累，斯世有吾身。

二月十六日赋

白鹤烟雾远，沧洲云海宽。蘼芜细雨湿，桃李春风寒。
沉忧郁不解，离绪沓无端。还忆郊园集，琴酤共清欢。

写山阴丘壑图寄赵士瞻

吾爱赵征士，清才能逸群。昔营山阴宅，今在吴松渍。
月牖自理咏，春羹偏美芹。远怀松上鹤，写寄岭头云。

赋雪舟

一舸星河渚，空明玉气浮。怀仙李太白，访逵王子猷。
月明如可掇，曙光疑欲流。银屏云母幛，梦为笙鹤游。

题李遵道山居图

披图惨不乐，日暮眇余思。坐石看云处，空斋对榻时。
世途悲荏若，墨气尚淋漓。惆怅骑鲸客，于今岂有之。

写秋林远岫图赠约斋因题

五言韦刺史，此地数曾游。无复绿阴静，空悲红树秋。
市声晨浩浩，云影暮悠悠。征士冲襟胜，邀余共茗瓯。

次韵酬答谢参军王长史

岧峣太华隐，婉恋东山情。学本犹龙老，诗工阮步兵。
心期流水远，世事浮云轻。公府饶才彦，琅琅玉雪明。

示病维摩室，端居无俗情。清斋久绝饮，白首不论兵。
露壁蛩吟切，风林鹤骨轻。何时王内史，相见眼增明。

赠友生

故人于静远，访我到南湖。作黍蔬亲瀹，开筵酒屡沽。
临流同啸咏，剪烛尚歌呼。长夜清无寐，还为风竹图。

题画

甫里林居静，江湖远浸山。渔舟冲雨出，巢鹤带云还。
漉酒松肪滑，敷茵楮雪闲。春风一来过，似泊武陵湾。

荒村

踽踽荒村客，悠悠远道情。竹梧秋雨碧，荷芰晚波明。
穴鼠能人拱，池鹅类鹤鸣。萧条阮遥集，几屐了余生。

七月十四日对雨一首

雨檐惊泻瀑，江涨忽通渠。古砌罗秋草，荒畦缀晚蔬。
稍开云表月，还掩箧中书。欲话幽贞意，忘言已久如。

寄虞子贤

天阔海漫漫，昆山望眼宽。桃源迷晋世，松树受秦官。
雨藓鹿远遍，霜梧鸾影寒。封题数行字，聊问竹平安。

赠沈文举

波光浮草阁，苔色上春衣。杨柳莺啼邃，樱桃鸟啄稀。
荣名非所慕，登览竟忘归。泖水宜修禊，重来坐钓矶。

为文举画泖山图因题

华亭西畔路，来访旧时踪。月浸半江水，莲开九朵峰。
酒杯时可把，林叟或相从。兴尽泠然去，云涛起壑松。

己酉八月廿三日雨至廿六日乃开霁赋五言呈德常

积雨琴丝缓，沿阶藓碧滋。泥途方汩没，茅屋且栖迟。
酒向邻家贳，杯从野老持。便应从此去，海上候安期。

徐伯枢归耘轩

归耘向何处，近在东胶山。白云宿虚牖，钓艇当荒湾。
弹琴送落月，濯缨弄潺湲。寸田勿根莠，所愿勤治芟。

用彝斋韵赠张韩二君

张仲情何厚，韩康谊亦深。赋诗论宿好，聚首契初心。
阮籍唯须酒，陶潜不解琴。与君忘尔汝，萧散鹤鸣阴。

赋谢王彝斋

不面才经宿，题书细作行。心亲情恋恋，事往意茫茫。
酒榼浮松蕊，羊腔截玉肪。歌诗报佳贶，期此共徜徉。

次韵酬彝斋见诒二首

秋气入幽居，阶前树影疏。筋骸浑懒惰，服食转清虚。
薄晚鱼潜渚，新晴溜绕除。茯苓期共煮，怅望苦吟余。

荆溪丘壑远，暇日得跻攀。野客时相过，高人意自闲。
敲门看修竹，卜宅近青山。胜事今宁有，幽吟一解颜。

画竹寄王彝斋

荆南山色里，翠竹密缘溪。冉冉春烟薄，冥冥暮雨迷。
梦长蝴蝶化，行远鹧鸪啼。旧日栽桃李，清阴自满蹊。

听雨

楼上看春雨，玉笙悲远天。辛夷红点笔，芳草绿摇烟。
冉冉侵书幌，冥冥湿钓船。新愁嫌点滴，元不到鸥边。

画寄王云浦

萧散贤公子，衡门似水清。花间青鸟过，砌下绿苔生。
山色排檐入，江波照眼明。开图想幽境，欲为写闲情。

雨几

雨几唯生睡，村醪不解愁。泥涂深溺象，身世眇浮沤。
径草纷披湿，林扉惨淡秋。何人富春渚，五月披羊裘。

题丘氏壁

我爱丘君宅，萧然隐者风。石边蒙细筱，井上植高桐。
墨沼鹅群白，云窗药蕊红。咏歌当上巳，修禊乐融融。

三芳图

丹桂月光落，猗兰琴调清。独怜秋鹤瘦，相对夜江横。
芳烈谁先后，才华孰重轻。道心安有染，无物恼闲情。

画江天晚色赠志学

不见吕君久，题诗怀不忘。风声浑落叶，山影半斜阳。
独鹤来迟莫，孤帆出渺茫。为图秋色去，留寄读书堂。

桂花

桂花留晚色，帘影淡秋光。靡靡风还落，菲菲夜未央。
玉绳低缺月，金鸭罢焚香。忽起故园想，泠然归梦长。

答云浦

寻真狎隐沦，息景绝风尘。屈子能安义，陶公每任真。
山中宜饵术，江上忆羹莼。亦欲从栖遁，柴车为尔巾。

题墨竹赠李文远

义兴李文远，墨法似潘衡。麋角胶偏胜，桐花烟更清。
紫云腴泛泛，玄璧理庚庚。安得龙香剂，霜枝写月明。

送僧

闻说四明道，山川似若耶。去依阿育塔，还宿梵王家。
望井封残雪，江船聚晚沙。光公强健否，持底作生涯。

垂虹亭

虚阁春城外，澄湖暮雨边。飞云忽入户，去鸟欲穷天。
林屋青西映，吴松碧左连。登临感时物，快吸酒如川。

三月四日解逅德方郎官九成掾史于荆溪之上相从及旬而别因九成征余画并赋诗为赠

剡掾学阮掾，宛然西晋风。百年聊复尔，三语将无同。
载酒来溪上，看山入剡中。孤帆逐云影，烟雨满春空。

又题画赠九成

吴山春雨净，江渚莫潮平。解缆欣初霁，开帆已到城。
剡君有高趣，樽酒慰闲情。醉吐真丘壑，毫端一笑成。

暮春期潘征君不至

风林惊宿雨，涧户落残花。芳月忽已晚，幽期良恐赊。
黄鹂念求友，鹳鹉呼煮茶。犹候犊车至，心亲宁惮遐。

寄徐仲清

欙谷采灵药，萧条栖遁情。白云檐下宿，海鹤阶前鸣。
燕俎登春菌，晨飧脯竹萌。诗凭五泻水，好过兰陵城。

送李征君游荆溪因寄王司丞

何处寻狂客，故人王子猷。花落庭前树，风吹溪上舟。
紫笋生春雨，绿蘋满芳洲。心随酒船发，怅望不能休。

题画赠张玄度

萧条江渚上，舟楫晚相过。卷幔吟青嶂，临流写白鹅。壮心千里马，归梦五湖波。园石荒筠翳，风前怅浩歌。

玄度文学好学，工词翰，蔼然如虹之气，真江南泽中千里驹也。十二月十四日，侍乃翁访仆江渚，相与话旧踟蹰，深动故园之感。因想像乔木住石，翳没于荒筠草蔓之中，遂写此意，并赋诗以赠焉。

为唐景玉画丘壑图并赋

丹经留玉斧，真箓佩青童。蜕迹氛埃外，怡情岩穴中。
吹笙缑岭月，理咏舞雩风。欲画玄洲趣，挥毫清兴同。

稽山草堂为韩致因赋

稽山读书处，应近贺公湖。涧月悬萝镜，汀花落酒壶。
卖药入城市，扁舟在菰蒲。逃名向深僻，君岂伯休徒。

五云书屋

幽深隐者宅，迢递少微山。贺公镜湖曲，李白棹歌还。
雨几研苔碧，风轩江竹斑。韩众近何似，晏景白云间。

画竹赠王光大

荆溪王隐士，相见每从容。借地仍栽竹，巢云独傍松。
青苔盘石净，嘉树绿阴重。约我同栖遁，嵩高茅几峰。

题渔樵友卷

钓水复樵山，逃名宇宙间。一篙春水净，半亩落花闲。
鸥鸟时亲狎，松云共往还。厌闻尘世事，缅邈不相关。

题画赠王仲和

曾住南湖宅，于今已十年。从篱还自翳，乔木故依然。雨杂鸣渠溜，云连煮术烟。何侍重相过，烂醉得佳眠。

南湖陆玄素，高士幽居，今王君仲和居之，水木清华，户庭幽邃。余尝寓其家四年，翛然忘世虑也。仲和以此帧索画竹石，画已并诗其上，以写惓惓之怀。玄素，仲和外舅也，故尤感余故人之思。乙巳初月十七日。

答光大

空谷枉嘉藻，幽吟当廪秋。诗铿清庙瑟，书耸屈卢矛。
学业余多愧，才华子独优。飞鸾天外羽，斯世邈难俦。

画竹寄张天民

良常南洞口，闻有扫尘斋。竹影春当户，泉声夜绕阶。
自矜霜兔健，安有鲁鱼乖。截得青鸾尾，因风寄好怀。

题元朴上人壁

萧条江上寺，迢递白云横。坐待高僧久，时闻落叶声。
鸱夷怀往事，张翰有余情。独掉扁舟去，门前潮未生。

挽张德常

孝弟由天性，清贞有祖风。宦游江郭远，归隐曲林通。
嗜古真成癖，歌诗信已工。有才悲贾傅，荏苒百年中。

寄章心远

江海章高士，相违已半年。青山云冉冉，白鹤影翩翩。
坐看神鳌抃，行吟秋水边。何当拾瑶草，迟子华山巅。

寄张景昭

烟渚落日后，风林清啸余。轻舟下天际，高人遗素书。
笋脯炊菰米，松醪荐菊菹。子有林壑趣，江海一胥疏。

寄东白上人

枫林散霞绮，湖水淡秋烟。忽忆北麻漾，初春掉酒船。
羽客借鲙具，高僧醉栖禅。何时来甫里，痛饮□□前。

画吴松山色赠潘以仁

吴松春水绿,摇荡半江云。岚翠窗前落,松声渚际闻。
潘郎狂嗜古,容我醉书裙。鼓柁他年去,相从远俗氛。

赠友

父子相师友,周南义理门。阿翁如玉洁,贤嗣似春温。
舍后自生笋,堂阴亦树萱。西山近在望,静默以忘言。

赠陆隐君

甫里高人后,风流有裔孙。爱山仍爱画,留馔复留樽。
每看云眠石,因寻竹款门。今朝岚翠湿,应是雨翻盆。

倪云林先生诗集卷之四

八世孙珵重刻

十三世孙大培增订

北里

舍北舍南来往少,自无人觅野夫家。鸠鸣桑上还催种,人语烟中始焙茶。池水云笼芳草气,井床露净碧桐花。練衣挂石生幽梦,睡起行吟到日斜。

山园

春水凫翳野外堂,山园细路橘花香。栖栖身世书盈箧,漠漠风烟酒一觞。岂谓任真无礼法,也须从俗着冠裳。不营产业人应笑,竹本桃栽已就行。

林下

林深何处寻行径,披草时过野老家。练练澄波晴偃月,蜿蜿小坞曲藏蛇。孤帆卖药来勾曲,独木为桥似若耶。高卧闭门成懒癖,苍苔从满石樽洼。

林下遣兴

眼见藤稍已过墙,手拈书卷复堆床。闲临水槛亲鱼鸟,欲出柴门畏虎狼。冠制不嫌龟壳小,衣裾新剪鹤翎长。从来任拙唯疏懒,一月秋阴不下堂。

春日

闭门积雨生幽草，叹息樱桃烂熳开。春浅不知寒食近，水深唯有白鸥来。即看垂柳侵矶石，已有飞花拂酒杯。今日新晴见山色，还须拄杖踏青苔。

二月十日玄文馆听雨

卧听夜雨鸣高屋，忽忆陂塘春水生。何意远林饥独鹤，若为幽谷滞流莺。成丛枸杞还堪采，满树樱桃空复情。二月江头风浪急，无机鸥鸟亦频惊。

对雨寄张伯雨

把酒独临溪上雨，林深地僻少相过。忽兴天际真人想，欲乞山阴道士鹅。坐久研苔侵袖碧，书成檐溜没阶多。悠然静寄东轩下，日莫徘徊聊短歌。

雪后过陈子贞隐居

陶公卜宅南村里，快雪初晴思一游。树辨微茫来独鹤，橹摇欹侧散轻鸥。墨池绕溜春冰满，尘榻翻书夕照收。相见惘然如有失，掉头吟咏出林丘。

吴门赋谢陆继之黄柑紫蟹之贶

阖闾城外皆春水，斜日维舟方醉眠。携手故人惊梦里，送书飞雁落尊前。黄柑开裹烦相赠，紫蟹倾筐也可怜。忆尔独居湖上宅，晴窗奇石萃生烟。

送甘允从

来寻墨沼云林下，共爱女萝悬石床。唤人鹦鹉语犹涩，当户枇杷子半黄。奉橘定应题百颗，笼鹅即欲写千行。兰亭书法人间少，好去山阴觅野航。

送徐元度

荷锸空林春雨余，舣舟江岸燕飞初。去寻天上仙人佩，肯顾山中隐者居。霜月四更提剑舞，田园二顷带经锄。兰荣柳密南檐下，伫子云间枉尺书。

寄郑征士

谷口子真今最贤，久别郁郁梦相牵。好营秫田多酿酒，欲买茅屋尚无钱。兄病每书赊药券，客来唯候煮茶烟。阖闾城东有艇子，忆尔青灯相对眠。

荆溪即事

铜官之山溪水南，周处庙前多夕岚。看卷云帆歌白纻，劝尝春酒破黄柑。
长林独往谁能觅，幽事相关性所耽。苦欲避喧那畏虎，倘从地主结松龛。

奉怀张外史

阴壑惨惨绿苔生，碧云亭亭多远情。松杉鹤去转萧瑟，洲渚花落自踪横。
从君下榻住十日，看我鼓枻出层城。洞口茵巢无恙否，定应闭阁著书成。

次韵萨天锡寄张外史

谷口路微山木合，湿衣空翠不曾晴。饥猿扳槛为人立，寒犬号林如豹声。
小阁秋清听雨卧，长空日出采芝行。道心得失已无梦，沐发朝真候五更。

送张外史还山

道士朝乘白鹤还，楼台金碧锁空山。半天花雨飞幢节，万壑松风杂佩环。
丹井夜寒光剡剡，石坛春静藓斑斑。飘然便拟从君隐，分我玄洲一半间。

次韵陈子贞见示

漠漠寒烟墟落际，犹余冻雪锁荒榛。行随云谷采樵者，饭供松龛学道人。未必杜陵浑懒慢，可怜逸少一清真。酒船好缆溪头石，花鸟相娱行及春。

寄郯九成

芙蓉洲渚映江波，落日维舟发棹歌。坐久不知初月堕，居谋何处白云多。粃糠富贵知吾否，簿领风埃奈子何。几格香材倘持寄，熏炉茶鼎乐渔蓑。

顾仲赞来闻徐生病差

室里维摩病已瘳，竹炉药鼎雨声秋。一畦杞菊为供具，满壁江山入卧游。舟外鸥波情浩荡，窗间蝶梦思绸缪。虎头痴绝从谈谑，煮茗聊为半日留。

雨后

雨后循除泉乱流，落花时节绿阴稠。石尊贮酒供杯饮，素壁图书入卧游。翳日长林藏伏虎，际天春水若轻鸥。幽居四月饶樱笋，醉里题诗一散愁。

以龙尾砚寄钱征士

龙尾谁磋古砚池，庚庚玄璧隐风漪。知君笔力能扛鼎，爱我云腴欲产芝。
投赠宁论百金直，咏怀更赋五言诗。唯应洗濯寒泉洁，静试松煤独下帷。

鹤溪为张天民赋

溪西松影高千尺，白鹤时时眠上头。风雨不惊鸥鹭宿，云霄应与凤鸾游。
明窗笔格珊瑚树，新酿松花玛瑙瓯。露下鸣皋声闻远，幽人空谷独相求。

听秋轩

听秋轩里听秋雨，定起山僧坐翠微。隐隐烟涛摇夜席，蒙蒙花雨着人衣。
骤如崖瀑冲云落，婉似湘灵鼓瑟希。六用根尘今已净，松篁阴下共香霏。

次韵重居寺壁间柯博旧题

初月五日春意动，远水荡漾情如何。镜中羞见白发短，柳上愁看青眼多。
起拂绿琴歌楚调，为留明月挂松萝。弭棹溪南一杯酒，它年浪迹倘重过。

初书记以诗来别且谆谆开谕深见方外之情因走笔次韵奉谢并期面别

从知四大皆假合，顺境逆途非乐忧。梦中妄想惊得鹿，海上忘机思狎鸥。
举世何人到彼岸，独君知我似虚舟。诗来说法能开谕，顽矿无情也点头。

郑明德新居

僦居吴市仍栽竹，挂榻高斋独待余。风引香烟金鹊尾，雨添书水玉蟾蜍。
仲举未应治一室，更生何用博群书。绕床阿堵那嫌俗，每罄金钱一饭余。

悼顶山清上人

杯渡前溪见水源，偶来佩芷服兰荪。香台犹带山窗影，经卷长依松树根。
云起晴峰还有触，雪消春野不留痕。翛然我已忘言说，翠竹黄花自满园。

晨起一首寄丹丘

竹窗晨起闻幽鸟，深巷绝无车马喧。多病马卿非不遇，归田陶令自忘言。
墙阴薯蓣苗方茁，雨里樱桃花正繁。二月阴寒少晴日，坐看春水上柴门。

寄张贞居

不但入城踪迹少，南邻野老见犹稀。狂歌鸣凤聊自慰，旧学屠龙良已非。
苍藓浑封麋鹿径，白云新补薜萝衣。羊君笔札谁能寄，欲读灵文一扣扉。

送贞居还山

日暮书传青鸟使，华林瑶草待君归。挟舟婉婉双龙出，背雨寥寥一鹤飞。
秋水琢成苍玉佩，朝霞补作紫烟衣。山中长史来相觅，应借窗间白羽挥。

再用韵寄贞居及柳太常郑有道

华阳外史从幽讨，谷口高人亦赋归。遥忆愚溪对山坐，何时菌阁看鸿飞。
荒荒旭日晞玄发，潏潏流泉浣素衣。寂寞松窗悬榻处，尘生麈尾不堪挥。

次韵郯九成见寄

郭外青山旧结庐，微茫野径望中无。残生竟抱烟霞癖，好事犹传海岳图。
夜壁松风悬雅乐，秋池菊水酌商觚。倘从世外求玄赏，好趁轻舟看浴凫。

题米南宫石刻遗像

米公遗像刻坚珉，犹在荒烟野水滨。绝叹莓苔迷惨淡，细看风骨尚嶙峋。
山中仙冢芝应长，海内清诗语最新。地僻无人打碑卖，每怀英爽一伤神。

赋居延王孙德新小隐轩

志隐宁须分小大，不论廛市与山林。橘中之乐固不浅，壶里有春藏更深。
弈戏自能忘世事，酒尊聊用散冲襟。莘耕岩筑苟无过，岂有朝堂论道心。

送浙宪掾刘彦文并简张贞居

落日采蘋溪水绿，目追帆影先飞鸿。寄书为觅仙人隐，种杏今居丹井东。
远道悠悠宵入梦，晴波汹汹画多风。鸣珂使者清无事，尔得漫游群掾中。

寄吴孟思并怀贞居

江海风流吴孟思，十年不见鬓成丝。旧同野老松花供，今寄仙君石室碑。
秋日满船初晒药，晴云浮水独临池。南山树里孤栖鹤，尔去何当一问之。

寄王寂明

几梦山阴王右军，笔精墨妙最能文。每将竹影抚秋月，更爱山居写白云。秘笈封题饶古迹，雅怀萧散逸人群。今年七夕闻多事，曝画翻书到夕曛。

戏题严录事所集书画薮

雨馆昼逢严录事，手持书画索题诗。金题玉躞齐梁迹，墓刻崖镌秦汉碑。把玩始惊繁卷轴，品量还愧拙言词。古人冷淡今谁尚，谩葺残编慰所思。

萨仲明为丞相府掾时僦居京师名其轩曰半野后买宅延陵亦揭是名于轩因雨宿其下遂为赋此

何意开轩名半野，身存魏阙思江湖。斜侵瓜圃通花药，稍傍薇垣近竹梧。千里秋风催斫鲙，九霄晨露浥飞凫。如今别买荒城宅，自扫风林候野夫。

次韵和德原率性所赋十二月四日雪

海宇希微隐一毫，行舟冰胶夕停篙。愁看寂寂双峰并，细数林林乱石高。岂有风尘劳白羽，谩思文采照宫袍。雪融二月溪流合，洞口谁寻千树桃。

赠葛子熙

打碑直入长安道，养母还归白马峰。闻道阴崖留积雪，将寻隐地看长松。晴窗弄翰山僧对，寒涧行樵野鹿逢。为问山中危太朴，到州应与子相逢。

题荆南精舍图

谁画荆南精舍图，烟霏岚翠墨模糊。林间野鹿时相逐，洞口山猿不受呼。尚有流泉悲夜雨，已迷幽径入寒芜。痴人莫弹西飞鹤，云外仙君恐姓苏。

赋德机荆南精舍图

溪上田园定有无，愁将归思画成图。春林寂寂花开落，风牖泠泠鬼啸呼。尚有流泉悲夜雨，已荒幽径入寒芜。何当一举同黄鹄，未觉山川路郁纡。

赠别益以道书记

一笑相逢岂有期，因怀西崦话移时。李公祠畔空余月，陆子泉头旧有诗。旅思凄凄非中酒，人情落落似残棋。云涛眼底三生梦，鸥影秋汀又语离。

辛亥六月三日寓实性源禅房为写竹梢因赋

开门便肯留人宿，不夜长然礼佛灯。君已风流如惠远，我聊吟啸答孙登。来依长夏安居者，莫厌无家有发僧。清夜哦诗江月白，琅玕节下影鬅鬙。

此身已悟幻泡影，净性元如日月灯。衣里系珠非不得，波间有筏要人登。狂驰尚觅安心法，玄解宁为缚律僧。曲几蒲团无病恼，松萝垂户绿鬅鬙。

残生已薄崦嵫景，犹护余光似晓灯。县圃雨云元不隔，华严楼阁也须登。萝归金菌山前路，饭仰白云窗里僧。独鹤步庭闲顾影，西风吹鬓雪鬅鬙。

送宝南琛往住荆溪碧云寺兼柬方崖

碧云林壑杳重重，此去风流似简公。春药碓间湍激下，空山蛩响月明中。结茅拟候芝三秀，眠鹿应遗地一弓。闻道重居开竹牖，待予艇子过溪东。

八月三日与刘道益连床夜话风雨凄然五日开霁道益赋诗见贻次韵一首

扁舟小泊菰蒲雨，玄论都消身意尘。空寂室中无侍者，萧条云外不羁人。酒杯畏病不复举，灯火新凉差可亲。袅袅秋风振庭树，绿波芳草似初春。

俊仲明以诗见示次韵

南湖流水绿泱泱，野鹤同栖秋夜长。短世应须几緉屐，怀人可但九回肠。
惊风零乱芭蕉影，冷雨凄迷菡萏香。高尚刘君此栖遁，凝之百世有余光。

别彦贞

空斋风雨话连宵，归梦不知山水遥。鹤远城荒嗟寂寂，香霏鬓影共萧萧。
市中乳虎人三语，灯下寒菹酒一瓢。无念百年聊乐尔，海鸥飞去定难招。

留别王叔明

秋蛩唧唧雨萧萧，楮颖陶泓伴泬寥。此去不能期后会，清言聊以永今朝。
湿云窗里初温酒，白鸟汀前又晚潮。故国何人赋招隐，桂花零落更停桡。

别张玄度

归去荆溪丘壑多，松陵浦口复来过。清风明月许玄度，泛宅浮家张志和。
夜雨灯檠歌陆续，秋林树子落桫椤。相逢相别嗟迟莫，人事多乖奈若何。

挽鹤溪张先生

子述孙承久炽昌，荐饥多施活人方。句金坛下良常洞，白鹤溪边世寿堂。孔壁遗书觇古学，衹园法藏溢神光。乘云笑谢人间世，九秩逍遥返帝乡。

送张以中由宜兴归金坛

乱后归来事事非，子长游历壮心违。陶公馆里怀仙友，杜牧堤边恋落晖。松下白云初起石，草间夕露已沾衣。君今尚有归耕地，顾我将从何处归。

西野对雨清坐有怀明本彦准并呈道益

怪雨颠风裂芰荷，鸥飞历乱水惊波。便须扫地焚香坐，岂有高人载酒过。笠泽至今能养鸭，山阴何处觅笼鹅。重阴忽霁犹斜日，惆怅思君奈若何。

过兰陵留宿蒋达善家

蒋翊初开竹下径，野夫聊乘溪上舟。珍簟敷床夏冰薄，缃帘受风春浪浮。围棋终日对急雨，解带六月如高秋。可怜相□便倾倒，就宿为君少淹留。

甘允从来过溪上将还汝宁赋此奉送

野夫住近青山郭,左右云林无市声。忽有故人骑马至,即呼稚子出门迎。虚窗图史少开笈,细雨沧浪同濯缨。乍别林居无所赖,裁诗相忆字攲倾。

送盛道士游浙东

浙东山水隔层云,雪霁千峰晓不分。萧瑟松林疑鹤语,纵横苔石见羊群。昔闻阳洞启神秘,中有仙人留玉文。羡尔寻真不辞远,好随烟雾把飞裙。

送倪中恺入都

酌酒送君游上京,风帆回首阖闾城。烟消南国梅花发,冰泮长河春水生。太史奏云龙五色,伶伦吹律凤双鸣。仰观礼乐夔龙盛,好播声诗颂治平。

春日送别余一秀才

翼翼高帆开远天,绿波芳草随烟绵。春林风雨集忧思,茅屋琴书移昼眠。文采由来庾信少,草圣近夸张旭颠。百年聚散如落叶,行客居人俱可怜。

赋王真人胎仙楼

紫阁岧峣秘玉文，摄衣迎日礼神君。河汾风吹来未泯，城郭鹤归今复闻。贪看飞裙舞绛缭，遥怜风驭散缤纷。世人政若尘眯目，指点虚无疑白云。

奉和虞学士寄张外史

华阳上馆谁曾到，知有高人避世深。当户春云团紫盖，洗空花雨散青林。丹台篆迹龙蛇动，经阁松声鸾鹤吟。念子离居消息远，几将书札寄遥岑。

奉和苦雨

冥冥秋雨溺田禾，日日奔雷吼怒鼍。十里荒凉黄犊草，五湖浩荡白鸥波。直应天地移龙穴，未觉阶除失蚁窠。君子忧民重兴感，吁嗟天意欲如何。

奉和虞学士赋上清刘真人画像

君向积金峰顶住，长年高卧听松风。蓬莱云近瞻天阙，剑佩春明下漠宫。归去长谣紫芝曲，翩然远挹黄眉翁。摽名合在诸天上，何事置身岩壑中。

再和前韵

焚香坐石孤峰月，飞佩朝天万壑风。邈尔空歌传碧落，飘然流响振金宫。神君教服玄霜剂，圣主能延绿发翁。共道乘鸾去无迹，祥云缭绕画图中。

寄曹德昭

苦忆建溪人姓曹，五湖春水云山高。丹崖青林紫步障，蜀锦越罗金错刀。已知雅颂播庙瑟，无复讴吟悲楚骚。伏生衰朽见鹏化，愿同斥鴳巢蓬蒿。

再寄

荆溪山水最清远，结屋溪边住几年。涧底松栖何处鹤，山中茶焙隔林烟。清谈况有王戎胜，闭户仍闻孙敬贤。诗卷何当时寄我，长篇短句使人传。

春日试笔

喜看新酒似鹅黄，已有春风拂草堂。二月江南初破柳，扁舟晚下独鸣榔。苔生不碍山人屐，花发应连野老墙。美酒已拚千日醉，莫将时事搅愁肠。

送简禅师易道

莲花峰下简禅师，半醉狂吟索赋诗。榻上诸僧禅定后，水边高阁莫钟时。不堪雨柳萦春梦，且看书灯照夜棋。苦羡云栖松上鹤，吾生漂泊竟何之。

题曹伯高为曹尚书之子卜居诗卷

清贫我早识尚书，身没韩公为结庐。可但家声今不替，也趁禁直未全疏。窗临墨沼杨雄宅，郭映云林谢眺居。共爱诸郎游息地，风雩闲咏莫春初。

云泉小隐为张德机赋

朝夕轻鸥傍钓矶，好山自不与人违。琴尊花圃春酣后，童冠风雩晚咏归。清卧半间僧入定，流侵三径客来稀。却怜服食清虚甚，黄独松花煮疗饥。

送卢录判之建宁

清溪九曲游人少，想见官河一水分。理楫初辞季子邑，到州好访考亭文。簿书闲暇对春雨，斋舍萧条栖白云。洗我明年尘土足，扁舟亦觅武夷君。

寄张天民

清溪演漾绿生蘋，溪上轩楹发兴新。只欠竹阴垂北牖，尽多山色近南津。湖鱼入馔长留客，沙鸟缘阶不畏人。愧我萍踪此淹泊，片云回首一伤神。

赠张景昭

张卿自道古遗民，世外寻真狎隐沦。虚阁松声答笙磬，小山桂树绝风尘。晨朝绛阙存三景，夜扫青坛礼七真。末俗顽仙非所取，清才如子不多人。

寄陆静远

积雨云林生薜萝，墨池新涨浴群鹅。每怀笠泽从渔钓，更拟沧浪听棹歌。莲叶满湖云掩冉，橘花垂户雪婆娑。布帆十幅秋风里，即买吴船载酒过。

题赵荣禄墨竹

缘江修竹巧临模，惨淡松烟忽若无。乱叶写空分向背，寒流篆石共萦纡。春渚云迷思鼓瑟，青崖月落听啼乌。谁怜文采风流意，谩赏丹青没骨图。

李文远制墨次吴寅夫韵

潘衡墨法老坡传，承晏昆仍又几年。独依山室烧桐子，赠与仙人写内篇。石灶霞光存活火，夜帷云影炫晴烟。要知文字遗不朽，犹向诗中咏墨仙。

张贞居有诗柬梁鸿山杨君次韵

鸿山一向受朝暾，户牖岚光昼吐吞。梁妇终廿隐吴市，戴琴遂不过王门。弦歌寂寂虚千载，井臼依依自一村。扫雪独寻杨处士，萧条古道与谁论。

用王叔明韵题画

王郎笔力追前辈，海岳新图入卧游。独鹤眠松犹警露，孤猿挂树忽惊秋。陶潜宅畔五株柳，范蠡湖中一叶舟。同煮茯苓期岁莫，残生此外更何求。

居竹轩

翠竹如云江水春，结茅依竹住江滨。阶前迸笋从侵径，雨后垂阴欲覆邻。映叶黄鹂还自语，傍人白鹤亦能驯。遥知静者忘声色，满屋清风未觉贫。

送芳祖二上人参礼育王寺光公

四明之山林麓幽，育王塔前神光流。汤休赋诗叹寂寞，远公结社忆风流。贝叶经文白业进，昙花楼阁青春幽。易屦上堂礼足已，香烟云烟共悠悠。

宴吴氏楼居

云松之楼高入云，松顶风声十里闻。琼杯绮食行春雨，翠幔朱帘卷夕曛。宴游适当山拥榻，醉卧莫遣人书裙。西飞白鹤东归去，回首巢居谢俗氛。

岳王墓

奸任忠诛转缪悠，鄂王功业浩难收。出师未久班师急，相国翻为敌国谋。废垒河山犹带愤，悲风兰蕙总惊秋。异代行人一洒泪，荒坟落日重回头。

九日

自叹不能孤九日，一壶浊酒对西山。遥怜玉树秋风里，静看冥鸿落日间。草木萧萧云更碧，山川漠漠鸟飞还。长途谁是陶彭泽，被褐行吟意自闲。

送张炼师游七闽

高士不羁如野鹤，忽思闽海重经过。舟前春水它乡远，雪后晴山何处多。觳觫卧云芳草细，钩辀啼树野烟和。武陵九曲最清绝，落日采蘋闻棹歌。

首夏即兴呈贞居

鹅鸭如云散碧波，来禽青李压枝低。深林汲涧常闻虎，清昼焚香独下帷。路出城东无十里，燕来堂上不多时。可怜稚笋都成竹，忽见春蚕已吐丝。

杭人有传余死者贞居闻之怆然因赋此以寄

果园橘熟谁分饷，茅屋诗成懒寄将。衰谢皆传余已死，迂疏真与世相忘。夜分风雨鸡鸣急，天阔江湖雁影长。寥落百年能几面，论文犹及重衔觞。

雾隐空山秋已深，茅斋酒熟向谁斟。菊花枫叶愁相并，涧水松风伴独吟。洗耳不堪闻俗语，醉眠且复罢清琴。遥知对月深予忆，忍不题诗慰子心。

奉次张伯雨潘子素酬唱韵

团团桂树覆岩阿，茅屋归来雪一窝。高卧丘园奇气在，倦游江海故人多。
楚山白雁遵寒渚，练水长鱼出素波。去去南州书问少，寂寥谁和紫芝歌。

再和

至元三年丁丑岁十一月廿日，子素征君与允从郎官共载过元度，许泊舟新塘之上寄示。去年子素征君与仆酬倡诗，去年二君留林下实长至日也，而明日亦适长至，忽然隔岁感之兴怀。贞居在余杭北郭结楼，居之号茅岭行窝。余久欲往观而未能也。且贞居复有来此之约，因走笔重次韵一首。

已向云林开别墅，兼闻茅岭有行窝。提鱼就煮兴不浅，看竹频来意更多。梅坞雪晴红缀萼，墨池水暖绿生波。悬知潘令闲居赋，不比阴山敕勒歌。

送盛高霞

霜发飘飘鹤上仙，相逢辽海几何年。种桃遂有刘郎赋，鼓瑟宁知曾点贤。
华表不归尘汩汩，吹箫何处月娟娟。嗟余百岁强过半，欲借玄窗静学禅。

寄高霞

不见情亲逾一载，素书到手泪滂沱。仙人蜕骨烦重瘗，去鹤思归忍再过。
墓左碑随烟烬冷，手栽松断斧斤多。知君欲话悲辛意，恸哭争如后会何。

宿清流堂

衍庆院中无市声，清流堂上晚风清。一派浊泾从污染，百滩白月见空明。
我性非澄本尔净，外尘徒扰元不惊。恒公宴坐清凉海，还许游人来濯缨。

赠君震

远爱寻山复好仙，鹤归城郭几何年。灵芝每掇岩前秀，秘诀还从肘后悬。
松月半空垂羽盖，风湍一壑写鹍弦。拟开精舍当悬禅，唯与丹阳许叔玄。

赠张桢

忆昨州民馈饘初，兵戈阻绝饱艰虞。忽惊归路千荆棘，莫致南溪双鲤鱼。
别浦秋莲明泛泛，寒厅夜雨落疏疏。青衫从事将军幕，已觉门多长者车。

题画贻王光大

荆南山色隐晴湖，暖翠当窗不用图。避世移家今十载，盛书连舸泊三吴。
可怜画卷撩归梦，依旧香奁傍药炉。珍重故人王架阁，笔能扛鼎要人扶。

荆南山色青如染，卜筑正当溪水南。浪舞渔舟鸥泛泛，雪消沙渚柳毵毵。
凉轩枫叶晴云缀，秋浦荷花落日酣。旧宅不归幽梦远，吴松聊结小禅龛。

寄白石

僦屋渝盟也任渠，争巢野鹊厌鸠居。人情转剧空怀土，家具无多莫借车。
踽踽独行良不易，纷纷薄俗竟何如。波澜翻覆从千变，道眼遐观热恼除。

寄张德常

身世萧萧一羽轻，白螺杯里酌沧瀛。逍遥自足忘鹏鹞，漫浪何须记姓名。
石鼎煮云听涧雨，玉笙吹月和松声。凭君为问张公子，曾到良常梦亦清。

送德常同知

闻道之官嘉定去，载书连舸泊江溃。城楼近瞰吴松月，堠馆微沾沧海云。
宓子风流常宰邑，张翰识达更能文。亦欲东观钓鲸手，棹歌秋趁白鸥群。

次韵奉答德常别驾初夏见怀一首

隔浦鼍鸣似打衙，云涛城郭夕阳斜。汀前露冷鱼鳞屋，窗里烟轻蝉翼纱。沛泽风雷时绕几，谈空衣裓不沾花。欲分香饭能来否，菩萨如今只在家。

题张以中野亭

人境旷无车马杂，轩楹只在第三桥。开门草色侵书幌，隔水松声和玉箫。一榻云山供夏簟，满江烟雨看春潮。君能撷取飞霞佩，天际真人近可招。

赠惟寅

陈君惟寅，天倪先生令子也。天倪为黄清权高士之甥。清介孤峭，甚似其舅。读书鼓琴，不慕荣进；澹泊无欲，以终其身。惟寅能守其家法者也。世故险巇，安贫自乐；穷经学古，教授乡里。色养得亲之欢心，友爱尽弟妹之和乐。缀葺诗文于以自娱。余尝爱其藻丽不群，萧然有出尘之想。聊摛鄙语用叹才华。莫春之辰忽过江渚，复示新制相与讽咏，因成长句以归美焉。

不见陈君动隔年，莫春孤坐此江边。政忧江阔多风雨，却喜君来共简编。讽咏新诗非偶尔，艰虞远别更凄然。看花相约重□过，已放柳条维酒船。

题孙氏雪林小隐

天地飘飖一短蓬，小窗虚白地炉红。翛然忽起梨云梦，不定仍因柳絮风。鹤影离蓰檐上下，鹿远散漫屋西东。杜门我自无于请，闲写芭蕉入画中。

阳春堂

阳春堂下春波绿，腊雪初消蕙草青。未觉避喧离世俗，也知习静爱郊坰。欲为野径孤琴约，尽醉华筵双玉瓶。见说陶朱有远趣，长松倾盖碧亭亭。

送杭州谢总管

南省迢遥阻北京，张公开府任豪英。守臣视爵等侯伯，仆射亲民如父兄。钱庙有碑刓夜雨，岳坟无树着秋声。好将饮食濡饥渴，何待三年报政成。

上巳日感怀

石梁破屋路欹斜，僻似华阳道士家。漠漠春云飞别鹤，潺潺夜雨杂鸣蛙。闲看稚子翻书叶，时有邻翁汲井花。日莫伤心江水绿，共舟人已蹑飞霞。

萧从善集其师张外史诗为赋一首

葛翁台上翻经处,陆子泉头试茗时。石记只留金菌阁,宫铭犹树玉津池。晚探风雅还心醉,谩说曹刘是我师。麟角凤毛勤采拾,却愁雷电取无遗。

赠张玄度时方丧内

吴松江水似荆溪,九点烟岚落日西。寂寂郊园寒食过,萧萧风雨竹鸡啼。蕙花委砌心应折,芳草归途意转迷。曾得鲁连消息否,春潮随雨到长堤。

三月廿二日雨怀荆溪胜游寄原道

我昔系舟寻杜牧,荆溪流水落川光。春茶已放仙人掌,露藓浑侵玉女床。酒阑更踏花间月,舞罢犹弹陌上桑。此日狂游忘旦暮,十年回首意茫茫。

二月晦日听刘伯容弹琴

远思翩翩属五湖,一杯浊酒咏唐虞。清琴忽作金石弄,佳士今犹山泽臞。飞絮游丝飏风日,瀑流松吹洒巾襦。群龙汩溺淫哇久,古乐萧条古道迂。

次韵送梁生读书沈庄

上蔡梁君谱系蕃，凌烟勋业旧诸孙。庐山傍斗可揽秀，大江自岷初发源。
夜诵庭柯杂琴响，春羹汀藻带潮痕。休文旧宅宜终隐，归近南湖衹树园。

酬友生

泖水山光照屋庐，每思潘令赋闲居。客愁不解连三月，诗赠全胜枉尺书。
醉墨不妨拈秃笔，狂吟时复近前除。乱离自叹摧颓甚，昼寝毋嗔老宰予。

次韵思复送元白上人往中竺

求法高僧何处去，向中天竺最高峰。飞鸢欲没天低树，杖锡应投湖外钟。
半席白云临碧涧，四更落月挂长松。定回依约三千岁，若见拈花绍远宗。

寄钱伯行

斑斑苔砌蕙花消，忽忽美人山水遥。梦得池塘春草句，望残烟日晚江潮。
汀云沙鸟时同宿，野饭芹羹或见招。洒扫南湖石上月，为留清影醉吹箫。

次韵张荣禄追和杨别驾赋王番阳东湖胜游四首用呈云浦耕云二月公

祇今谁是番阳守，别驾题诗凡几春。僚属得才青琐旧，儿童骑竹白头新。当筵意欲凌云外，今日人谁问水滨。陈迹寥寥风景切，桃源何处觅遗民。

宾客从来逸兴多，雨深春渚绿增波。笙箫载月回鸾鹤，云锦飞裙织芰荷。短世悠悠大槐国，余哀袅袅竹枝歌。湖山寥落行人老，翠影苍烟寒荡磨。

散乱凫鹭发棹讴，波明云净宛如秋。酒杯青落垂杨影，麈尾风生杜若洲。匣里鸣琴俄复掩，杯中覆水竟难收。白头闻说开元盛，双泪滂沱似瀑流。

湖上晚风明绮霞，春云覆竹影交加。歌喉圆滑吟山鸟，舞袖低回乱渚花。绿净碧虚宁敢唾，星垂河注欲乘槎。王堂坐想当时胜，荣禄诗成谩自夸。

桑柘

桑柘萧条半草莱，百年人事哽悲摧。沙丘漂毋宁复有，故国王孙谁见哀。歌吹凄凉铜雀妓，世途荏苒霸城灾。遥知敕勒穹庐野，日夕牛羊欲下来。

谢伯理东还访之不遇次韵因赋

谢眺宅前山黛浓，山云飞堕墨池中。携家又作它乡梦，归棹还随落叶风。
鹤入暝烟愁浩渺，鸥浮远水思清空。寻君不遇成惆怅，江草青青岸蓼红。

喜谢仲野见过

阶下樱桃已着花，窗前野客独思家。故人携手踏江路，拄杖敲门惊梦华。
藉草悲歌声激烈，停杯写竹字攲斜。新蒲细柳依依绿，西北浮云望眼遮。

丙午十一月十九日避泖上丁未十二月十六日始去此至陈溪分湖间矣

泖渚淹留再燠寒，移居何处卜林峦。可怜产不能恒业，聊复心随所遇安。
船底流澌微淅淅，苇间初日已团团。故人存没应难访，愁里题诗强自宽。

寄钱伯行

春雨斑斑长菊苗，坐怜依砌蕙花消。此时行径泉浸湿，闭户哦诗江动摇。
政尔清虚忘世傲，不妨贫贱使人骄。下帷寂寞钱征士，艇子看花许我邀。

寄王成夫

茂深闭阁独焚香，那识穷愁客异乡。坐拂朱弦弹绿水，狂携红袖浃清觞。
春池雨后泉应满，庭树云移影更长。月烛露帷非子乐，五湖烟景属渔郎。

寄陆明本索酒

杨柳低昂蕙草青，西庄风景似华亭。日修长史登真诀，夜诵虚皇内景经。
玉牒初标紫台籍，石苔应长新宫铭。自惭服食清虚甚，为觅松肪酿百瓶。

乙未岁余年适五十幼志于学皓首无成因诵昔人知非之言慨然永叹谩赋长句

阴风二月柳依依，隐映湖南白板扉。旅泊无成还自笑，吾生如寄欲何归。
美人竟与春鸿远，短发忽如霜藻稀。五十知非良有以，重嗟学与寸心违。

赠王文静

静寄轩中酒一尊，陶然醉里别乾坤。碧桃花已当窗发，翠竹阴须映户繁。
荏冉春光逐风雨，婆娑岁晚乐丘园。诜诜更祝螽斯羽，若欲宜男剩种萱。

在同里怀元用

一水东西云窈窕，几家杨柳木芙蓉。斋居幽閒无人到，屐齿经行破藓封。
密竹窗虚秋半雨，枫林寺远日沉钟。寄诗为道长相忆，想亦依依念去踪。

次韵答元用

野水浮鸥不世情，烟涛漂泊羽毛轻。云移短棹无几久，雪点青山照眼明。
甫里宅边逢酒熟，吴松江上看潮生。夫君为话征途苦，惆怅令人意不平。

次朱秉中韵

鸟啼花落水西浔，几日门前春水深。丈室自宽千户邑，一经已富满籯金。
樗散余年犹嗜酒，梦回远道独惊心。桃源亦有秦人在，落日渔舟何处寻。

赠张玄度

一年不见张玄度，秋夜吴城忽尔逢。清似石湖梅上月，瘦于庐阜瀑边松。
白冠缁布前朝服，短发长斋旧日容。昔者交朋沦落尽，埋忧为乐且游从。

题本中峰观莲像

东南唱道据禅林，讽咏莲心契本心。善矣不尘仍不染，美哉如玉复如金。
三周妙法耆阇崛，十丈开花玉井岑。今日仰师犹古佛，风波回首一长吟。

寄熙本明

在山无事入城中，每问归樵得信通。松室夜灯禅影瘦，石潭秋水道心空。
幽扉独掩林间雨，疏磬遥传谷口风。几度行吟欲相觅，乱流深涧隔西东。

白首遥知得道余，不闻诗思近何如。高斋夜雪同谁话，古木寒山独自居。
梦里只寻行去路，愁时聊读寄来书。夕阳溪上多飞鸟，若个能看影是虚。

用王子明韵

从俗浮沉多厚颜，醉筵舞袖作弓弯。雉罗孰是逃三窟，豹管□窥见一斑。
纵酒已拚时共弃，歌诗犹与世相关。采薇岩穴聊终隐，林下闲云自往还。

寄卢士行

阖闾浦口路依微，笠泽汀边白板扉。照夜风灯人独宿，打窗江雨鹤相依。畏途岂有新知乐，老境空思故里归。拟问桃花泛春水，船头浪暖鳜鱼肥。

送徐子素

山馆留君才一月，梅花无数倚霜晴。垂帘幽阁团云影，贮火茶炉作雨声。深竹每容驯鹿卧，青山时与道人行。归舟载得梁溪雪，惆怅邻鸡月四更。

题画送僧

不到荆溪三十秋，南津溪水亦东流。用公住近金鹅岭，魏族犹邻白虎丘。风叶斓斑霜落后，竹枝萧瑟渚边头。归逢古德方崖叟，为话谈玄旧日游。

用大机，吴人也，住宜兴保安寺，壬子九月十九日将还山。戏写秋树筠石并诗以赠之且以呈方崖。禅伯云。

绿波轩

绿波佳思复如何，阶下清阴芳草多。烂醉哦诗弦宝瑟，闲眠欹枕幔烟萝。莫将华发临明镜，还写黄庭换白鹅。剪取吴松云锦丽，天孙机杼隔明河。

又题

旅况沿洄似梦中，孤舟江上白蘋风。萧条病起三家墅，憔悴天涯一秃翁。藿底鷦鹩叹鹏翼，雷鸣瓦缶弃黄钟。忧来直欲穷牛渚，河汉迢迢碧汉通。

次韵寓斋秋怀

渚蒲岸柳望秋零，桂树悬香月影杯。野水浮舟归未得，酒杯到手句还成。云松眠鹤梦方远，露草寒蛩鸣不平。南郭先生玄默久，犹将讽咏寄闲情。

问我归期未有程，秋光羁思共凄清。雪留鸿迹应如幻，毡仰龟毛岂有成。破屋逃亡□□起，故宫基构绿芜平。试听呜咽长沟水，水本无情似有情。

思归江汉濯尘缨，况乃秋高气廪清。满壁山图初睡起，一帘烟雨又诗成。远树阡阡烟鹤唳，飞鸢帖帖暮潮平。屏风九叠淙松瀑，拟毕余生栖遁情。

追和虞道园送张伯雨入茅山诗韵

外史栖真何处寻，桐花源上草苔深。星坛醮后云封径，仙骥归来风满林。丹竈石幢遗住迹，寒松流水续幽吟。虞书传宝人间世，为有清诗寄碧岑。

东林隐所次韵

寝扉桃李昼阴阴，耕凿居人有远心。一夜池塘春草绿，孤村风雨落花深。不嗔游老群争席，时有游鱼出听琴。白发多情陆征士，松间石上续幽吟。

寄张府判

德常明公旧有良常草堂在金坛华阳之天，良常亦华阳洞名。揭曼硕、张仲举诸学士，尝赋诗纪胜。其后德常宦游无定居，政绩彰彰显著，今为松江府判官。因士友潘以仁之便，辄赋七言一首奉寄。阴阳冥骘，宜少留意。闲居尚可为之，况身有职任。而值饥者易为食之时乎。仙官分置洞宫，亦如世间局任者矣。吾德常兄固知之也，诗中因寓斯意，云："铁崖翁见之必大笑也。"令英似来侍，并为致意。

樗散张侯意久疏，斋厨服食转清虚。童初府署标名后，碧落仙官校箓余。海上空蒙归化鹤，人间繁剧臬如鴐。吴松江水浮青玉，聊此餐霞驻羽车。

夜宿张判府环绿轩赠玄度

戊申十月十八夜，环绿轩中借榻眠。舞影霜筠风细细，萦窗素练月娟娟。此生寄迹雁遵渚，何处穷源渔刺船。染笔题诗更秉烛，语深香冷思凄然。

呈良常安遇贤伯仲

无家已老复何归，碧树团团尚夕晖。清越风湍帝子瑟，纵横陇亩僧伽衣。世波汩溺毋溷我，节序炎凉且息机。白鸟汀前坐来久，泉侵野径暮依微。

松陵竟失五车书，梅里烧焚旧屋庐。衰季悲吟叹罗隐，盛时作赋羡相如。伊优肮脏复何似，臃肿支离聊与居。日日秋风白蘋老，门前江水接空虚。

三月一日自松陵过华亭

竹西莺语太丁宁，斜日山光澹翠屏。春与繁花俱欲谢，□如中酒不能醒。鸥明野水孤帆影，鹘没长天远树青。舟楫何堪更留滞，更穷幽赏过华亭。

再用前韵呈钱思复

霞餐云卧养黄宁，玉笈幽文护石屏。一榻松涛金石弄，半铛茶雪梦魂醒。珑玲泰室生虚白，缥缈空歌自始青。不见仙风云上过，羽车芝盖晓亭亭。

再用韵呈诸公

北窗高卧自清宁，烟雾衣裳云锦屏。举世无知心自得，众人皆醉我何醒。黄熊号野兵埃黑，白骨生苔鬼磷青。旧宅荒芜时入梦，墨池谁访子云亭。

赠刘伯庸

前朝丞相刘忠肃，尚有云仍能鼓琴。听者三沐以三衅，善哉如玉复如金。久淫郑卫乱吾耳，忽复古初之雅音。我思古人禁忿欲，用此养正而钩深。

赠别姚子章都事

不见高人十五年，相看两鬓各皤然。酒温莺语烦三请，椹熟蚕筐已四眠。舞袖醉傲明月下，归心飞度白鸥前。练溪尚见韩征士，好示新图竹色娟。

四月廿八日蓬屋题

江湖风雨梦频惊，舟楫沿洄莫计程。不幸乃今成大幸，有生真亦似无生。
郗生自足贤宾主，岑氏谁言好弟兄。世故爱憎从毁誉，一杯聊复畅幽情。

子章号梦庵走笔题

梦庵春梦几时醒，隐约江湖且寓形。愁见乱离心忽忽，迹疏亲友泪荧荧。
松陵遇我才经宿，浙水归舟且暂停。蕉鹿纷纷何得失，霞明烟外数峰青。

赠友生

江头二月雨垂垂，起濯尘缨水满池。贺监宅前重载酒，辟彊园里更题诗。
川涂幽邈鸿归远，窗户虚寒燕到迟。忽见故人王架阁，夜阑秉烛话余思。

次韵答王彝斋见赠

客居北渚静窥临，霜藻萧萧雪满簪。玉石在山聊混璞，金兰惟子久同心。
每怀往事悲今事，莫弃分阴惜寸阴。自笑蜗庐无长物，窗前陶器与单衾。

寄朱府判

明月娟娟夜二更，挑灯孤坐不胜情。尊前旧恨多年积，枕上新愁何处生。已作闲云孤鹤去，不堪随柳傍花行。使君为省春田出，可念忧时老钓耕。

和朱秉中二首

僦居茅屋碧江浔，花落空阶一尺深。山简由来狂爱酒，管宁不复顾锄金。长鲸驱浪成何事，老鹤鸣皋见远心。中岁畏从亲友别，自怜华发已侵寻。

白板扉开江水浔，雨余阶下绿苔深。愚人自宝应非石，同舍缘知不盗金。天地疮痍谁复悯，江湖羁旅我同心。故山日日生归梦，翠竹青松自百寻。

题王敬之屋壁

我来陆庄如故乡，故乡风景日凄凉。解忧幸有盈樽酒，慰眼新栽百亩秧。蒲叶清波闲濯足，荷花斜日起鸣榔。当年李白成何事，白发缘愁万丈长。

赠周校书

中年习静松江渚，回首尘埃多厚颜。富贵不如长处贱，奔驰何似得心闲。参天竹树存贞碧，动地波澜□往还。输与荆溪周处士，避人探道掩松关。

过桐里

依微桐里接松陵，绿玉青瑶缭复萦。为咏江城秋草色，独行烟渚暮钟声。
黄香宅里留三宿，甫里门前过几程。借书市药时来往，不向居人道姓名。

寄陈余二校书

吴松江水碧沄沄，忽忆陈余两隐君。酒艇时摇夜涛月，书帏影乱晴窗云。
一贫老我长为客，二陆英贤已著文。何事两君唯寂寞，清言况不使予闻。

赠别荣子仁

退食从容下玉除，当年史馆灿成书。艺场驰骋答宾戏，笔阵纵横赋子虚。
松水娱情经乱后，图书连舸度江初。君来愧我无供给，一勺寒泉荐菊菹。

次韵邵生

已从鸥鸟狎云深，老我无机似汉阴。采采菊花犹满地，萧萧霜发不胜簪。
南游阻绝伤多垒，北望艰危折寸心。好在吴松江水上，青猿啼处有枫林。

赠姚掾史

相府共推三语掾,卜居曾占九龙峰。美髯不独如灵运,佳句仍兼似鲍溶。我有茅斋当绝壁,时看晴雪落长松。因君唤起故园梦,彷佛三生石上逢。

别章炼师

方舟共济春江阔,访我寒烟菰苇中。鼓柂斜冲蘋叶雨,钩帘半怯杏花风。仙人坛上芝应碧,玉女窗中桃未红。拟趁轻帆数来往,缥壶不惜酒如空。

寄养正

得君佳句清如玉,秋色惊人换物华。老境侵寻真有感,故园隔绝更兴嗟。女萝绿遍牵茅屋,乌桕红明映落霞。欲酌一尊浇磊块,几时邀子过田家。

赠岳松涧

曾访神仙五粒松,涧泉流润白云封。林间萝茑交青影,石上菖蒲开紫茸。煮石有方留秘诀,采苓何处觅行踪。岳君别我三千岁,晚戏沧洲又汝逢。

次韵屋漏

寂寞江天暮色悬，重阴愁绝卷尘编。走看破壁雨沉灶，思卧芦花雪满船。风卷高堤高树拔，泉翻野援药苗延。青山夭矫浮云外，自爱新秋爽气鲜。

送张贞居游灵常洞兼蕑王晋斋

荆溪山水闷灵宫，子晋笙鸾驻碧峰。午夜月明风满帐，千崖人静鹤眠松。缘知瑶草春来长，应有仙人洞口逢。莫为青螺翁久住，归时骑取葛陂龙。

陆文玉见过

荆溪二月春风恶，灯火论交夜对床。白鹤绕坛初露下，碧梧满地忽霜黄。卜商失子人谁吊，阮籍穷途只自伤。政使陆郎能慰藉，赋诗怀旧更凄凉。

送诸从事之越中

郡厅草色映青衫，从事风流雪满簪。最爱长官能化俗，也知僚佐愿停骖。右军宅里寻苔石，贺监湖边咏夕岚。它日从君觅佳果，来禽青李不须函。

送僧游天台次张外史韵

四明山水名天下，师去那知客路遥。雪霁惊麋腾宿莽，月明寒鹊集疏条。
坐寻云顶千峰石，归趁江头八月潮。说与住山光老子，送宾也合过溪桥。

过许生茅屋看竹

舟过山西已夕曛，许生茅屋远人群。凿池数尺通野水，开牖一规留白云。
煮药烟轻冲灶出，碓茶声远隔溪闻。可怜也有王猷兴，阶下新移廿此君。

送叶道士东归分得悬字韵

忆尔心如旌旆悬，相逢泖渚欲华颠。穷冬风景吾衰矣，落日烟涛思渺然。
八咏楼前思旧宅，三高祠下觅归船。栖幽定洗尘喧耳，剩吸东阳一斛泉。

送柳道传东归

赋诗南涧写乌丝，霭霭停云去后思。乡国动成经岁别，江湖复与故人辞。
溪船斫脍云生柁，松室闻猿月满枝。他日重寻言子宅，咏歌唯许暮春时。

寄开元长老兼呈郑明德

已公令我诗兴生，堂下绿苔无俗情。天女下试宝花坠，曲生相逢青眼横。布金已住长老宅，乞食应怜王舍城。何当棹歌一来过，同载唯许郑康成。

赠道士李啸虚

龙虎岩前李炼师，几时飞舄洞庭陲。晴天白鹤兴闲远，秋水苍龙光陆离。山中杏熟从收谷，阶下芝生看弈棋。邂逅楼船海上便，还应与尔道相期。

失鹤

啄粟巢松泰华峰，直将天地作樊笼。不闻丁令归华表，应驭王乔入太空。行迹纵横苔石上，寒栖依旧竹林中。清斋我亦厌腥腐，长叹思乘万里风。

送章炼师入京

五鹤翩翩朝帝京，青童遥侍玉皇君。倚天楼观金银气，蔽日旌旗锦绣文。夜礼洞庭荐明水，春陪游辇望祥云。何人得似愚溪子，高举凌风思不群。

赠杨大同

石鱼峰下子危子，出有杨羲陪胜游。斜日碧山梁苑暮，清风白拂冶亭秋。松肪和饮三危露，桂棹同乘万里流。拟酌春醪相慰藉，梅花欲发听鸣驺。

江上遇杨德朋

吴淞江上米家船，邂逅龟蒙旧宅前。政似燕鸿交泛泛，聊凭楮颖度年年。糟床滴雨谁沽酒，破衲蒙头独坐禅。莫学山僧空载月，主人情重更留连。

寄德朋

故人欲问梁鸿宅，遗迹犹应杵旧存。枫叶菊花秋瑟瑟，荒园废圃雨昏昏。农人掩舍春明墅，县吏催租夜打门。唯有德朋多远思，赋诗刻烛酒重温。

寄友

幽窗谈笑话平生，三十年前几变更。白发满头今已老，青山排闼故多情。桃花灼灼应无语，春雨萧萧尚未晴。明日扁舟携好酒，南山笋蕨正堪烹。

马国瑞东皋轩

未羡勋名马伏波，少游乡里乐婆娑。轻舟陌上山堪数，细雨篱边菊未莎。
浩荡五湖鸥梦远，萧寥万里鹗情多。寒厅时有幽人宿，月烛高怀幔绿萝。

次韵通书记同过郑先生旧宅

女萝垂绿翳衡门，野水通池没旧痕。有道忘情观物化，清言如在相人存。
凄凉江海空茅宇，惨淡烟埃委石尊。一奠山泉荐芹藻，古心寂寞竟谁论。

清明

江云笼雨白烟生，愁眼看花泪湿缨。可惜红英满芳草，又经上巳复清明。
漂漂羁旅燕鸿迹，昵昵愁思儿女情。老鹤莫教尘土涴，碧岩松下紫芝荣。

溪山胜概楼

楼下清溪夏亦寒，溪头个个白鸥闲。风回绿卷平堤水，林缺青分隔岸山。
若士振衣千仞表，何人泛宅五湖间。绝怜与子同清赏，定向云霄共往还。

和华以愚韵兼题所画春山高士图

扁舟溪上数来过，白发残春奈我何。柳絮如烟迷晓浦，杏花飞雪点春波。林扉有客图丘壑，石室何人带女萝。欲和华山高隐曲，羁愁凄断不成歌。

寄王明卿

不见孝廉逾十年，高人风节自居然。数间茅屋无人补，一榻寒云只独眠。酒榼时须栗里菊，茶烟还煮惠山泉。衡门不出栖迟久，坐有孙登弹一弦。

送霞外师过碛沙寺因寄郑博士毅长老

湖水东边碛砂寺，翻经室里看争棋。食驯沙鸟巢当户，坐爱汀云影入帷。惠远何修为律缚，康成终老只书痴。寄语山灵莫疑怪，松阴好护中兴碑。

次韵钱思复见贻

文章传法似传灯，治病宜求三折肱。退食君休大槐国，安居我学小乘僧。业勤已有朋来乐，步阔能无祖武绳。欲挈一壶相慰藉，春船月色待君乘。

赠墨生吴善

吴生制墨变潘法,住近义兴山郭中。洗玉巧当前涧水,采花还觅古时桐。照夜虹光灯隐壁,拂云鸾尾谷生风。长年圭璧富润屋,我善养生那有穷。

风雨

风雨萧条歌慨慷,忽思往事已微茫。山人酒劝花间月,秦女筝弹陌上桑。灯影半窗千里梦,泥涂一日九回肠。此生传舍无非寓,谩认他乡是故乡。

宿普度僧舍

悲凉华屋总荒墟,人事乖张已久如。两部草池蛙鼓吹,一襟桐露鹤阶除。狂游且尽余生酒,宿习犹存半舸书。初日轻烟棹歌去,江潭柳影亦萧疏。

寄周履道

兼旬不见周征士,落月空梁梦见之。久狎海鸥聊避俗,虚言市虎竟成疑。尊前节序梅将玉,镜里形容鬓已丝。日暮烟涛隔城郭,萧条南渚一吟诗。

曲彦远寄茗裹赋此道谢且求致梨栗木瓜

绕屋青山谢眺居，木瓜梨栗种扶疏。不妨暇日骑官马，自喜清时少簿书。
九月授衣霜欲落，百年回首雁飞初。犹怜踽踽空山客，茗裹封题远慰予。

寄徐季明

海虞山下徐公宅，修竹长松左右栽。陈榻待君时一下，顾园有客莫驱回。
至今清梦依依在，欲寄新诗草草裁。自是漫郎嫌俗子，也应鱼石有苍苔。

三月廿二日雨怀荆溪旧游寄原道

忆昔荆溪棹酒船，绿波摇荡女萝烟。春茶未放仙人掌，雨蕨先舒稚子拳。
岩间石上寻遗迹，作赋题诗多昔贤。今日空斋独对雨，幽怀犹梦白云边。

乙巳三月七日清明风雨愦愦因成长句

春风多雨少曾晴，愁眼看花泪欲倾。抱膝长吟酬短世，伤心上巳复清明。
乱离漂泊竟终老，去住彼此难为情。孤生吊影吾与我，远水沧浪堪濯缨。

次韵赠林泉民张孟辰

三径谁寻二仲踪，一丘之木紫溪翁。思莼张翰有清识，闭阁茂深多祖风。午梦池塘春草绿，轻阴窗户落花红。应怀锡谷林泉胜，山色依微在望中。

故吾一首

缥缈青山日欲晡，弥漫秋水兴何孤。鹤归城郭生新梦，尘掩图书尚故吾。南亩艺苗伤硕鼠，北窗临涧听啼乌。醉归倘乞封侯地，便复移家傍酒垆。

寄顾仲瑛

江海秋风日夜凉，虫鸣络纬尚練裳。民生惴惴疮痍甚，旅泛依依道路长。衰柳半欹湖水碧，浊醪犹趁菊花黄。知君习静观诸妄，林下清斋理药囊。

病中怀先友华阳外史用韵一首

忆昔时雍四海宁，华阳外史住南屏。春愁黯黯怀仙卧，幽鸟关关唤梦醒。塞雁归时莺出谷，园花落尽柳萦青。伤心南北数千里，无复沙墩长短亭。

雨中在林氏赋赠徐生

终朝风雨洗炎歊，隐几无言思泬寥。已绝鸣蝉咽衰柳，空吟翡翠集兰苕。
嘉鱼坊里多名酒，碧凤桥边欲晚潮。二子林徐有高致，为陈笔墨远相招。

寄陈庶子

高行昔闻陈太丘，云行好在思远游。丹砂拟访葛洪井，湖水堪乘范蠡舟。
炉银欲变头先白，田秫可酿行归休。且排忧愤澄神虑，奏刀已觉无全牛。

归锡麓

未访西岩墨沼泉，东家儿女笑相牵。莫话艰难长旅食，敢忌萧散送余年。
穲稏云黄秋雨后，芙蓉霜落渚鸥边。归来何异辽东鹤，荒冢累累思惘然。

送叶道士再用悬字韵二首

愁心黯对夕阳悬，忽见高标喜欲颠。似与人民千岁隔，更询耆旧一凄然。
青灯绿酒看成醉，秘箧珍图自满船。归去还临剑池月，定应歌此酌山泉。

君到茅檐雨溜悬，采芝期我碧山颠。掀髯一笑非徒尔，隔世重逢岂偶然。沙渚屐声归泖客，晚潮帆影下江船。为予一话艰危际，双泪沾衣似迸泉。

学书

几丛枸杞护藩篱，一径莓苔卧鹿麋。独许陶泓为□友，更呼毛颖伴幽栖。野鹜家鸡成品第，来禽青李入书题。临池自叹清狂甚，直好还同铩柳稽。

赠范婿

范公文杏园西宅，喧寂一尘浑异宜。鼓琴深林调清越，读书稚子声吾伊。帘旌不动香如雾，砚席生凉雨散丝。欲饮寒泉锡麓洞，暂违清赏一题诗。

题邓氏扇上

邓家层轩留十日，陆郎酒船来百回。莼羹鲈脍亦已甚，冰瓯雪碗何为哉。江云飘飘委坐席，岸柳垂垂落酒杯。饮酣戏写齐纨扇，山河微影月裴徊。

二月二十日大风

南渚春风二月狂，住船濯足□鸣榔。烟边去鸟暮山碧，衣上飞花春雨香。□□□□□□□，□□□□□□□。远怀不作悠悠语，忍蹑飞凫返故乡。

写画赠潘仁仲医师

屋角东风多杏花，小轩容膝度年华。金梭跃水池鱼戏，彩凤栖林涧竹斜。亹亹清谈霏玉屑，萧萧白发岸乌纱。于今不二韩康价，市上悬壶未足夸。

赠沈生卖墨

沈学翁隐居吴市，烧墨以自给。所谓不汲汲于贵富，不戚戚于贫贱者也。烟细而胶清，黑若点漆，近世不易得矣，因赋赠焉。

桐烟墨法后松烟，妙赏坡翁已久传。麋角胶清莹玄玉，龙文刀利淬寒泉。山廨唯珍白鹅帖，云窗谁录古苔篇。爱尔治生吴市隐，收煤已室数灯然。

倪云林先生诗集卷之五

八世孙珵重刻

十三世孙大培增订

题临水兰

兰生幽谷中，倒影还自照。无人作妍暖，春风发微笑。

二月廿二日潘子素王叔明来慰藉临别为写水傍树林图

积雨开新霁，汀洲生绿苹。临流望远岫，归思忽如云。

题画与溥泉

息景憩烟霞，澄怀卧丘壑。久迟苏仙君，莫惊松上鹤。

玄洲倡和十首继赵魏公张外史作

菌山

奕奕三素云，团团如车盖。下有采芝仙，游神与天会。

罗姑洞

玉晨启玄扉,灵篇嘐飞仙。炼景返洞官,保真亿万年。

霞驾海

混沦青瑶流,焕烂云锦光。飞軿驾神君,宛在旬山阳。

鹤台

胎仙集丹台,真宰降玄居。翕忽神飙散,烧香礼太虚。

桐叶源

密叶荫方坛,珍林寄深谷。华源远莫穷,时有幽人宿。

玄洲精舍

步虚朝东华,高啸追远游。玄馆嘐妙道,逍遥宴神州。

紫轩

虚林想遗躅,坛馆废仍存。落叶藏丹灶,清晨云气温。

隐居松

苍云乘白鹤，传说手栽松。山室清眠夜，千岩闻劲风。

玉像龛

玉标明霞秀，灵气混合成。流光映金宫，灵旆招万灵。

题自画

东海有病夫，自云缪且迂。书壁写绢楮，岂其狂之余。

青林藏曲密，远水间微茫。飞鹭浴凫处，人家半夕阳。

夜作古木怪石因题

夜游西园渚，初月光炯炯。徙倚岩石下，爱此林木影。

雨竹

雨过潇湘渚，风生渭水波。暮窗挥醉墨，翠雾湿烟萝。

竹石图

雨过黄陵庙,风生湘水波。当时卸帆处,苔石倚乔柯。

寄友

风雨暮萧萧,高人共寂寥。何时截湘玉,踏月夜吹箫。

题画

荆溪山水胜,不到十年余。蒋氏遗基上,寒藤学草书。

菜圃

食菜虽云美,荼苦荠自甘。犹胜高阳徒,膻荤自饫酣。

题秋亭晓色图

园林夏雨歇,旭日照苍苔。谁见竹亭里,孤坐兴悠哉。

春江独钓图

春洲菰蒋绿,江水似空虚。望山以高咏,意钓不在鱼。

墨竹

明月临虚幌,疏篁舞翠鸾。独吟苔石上,霜叶媚天寒。

题良常草堂图

结屋正临流水，开门巧对长松。为待神芝三秀，移居华盖西峰。

题画

舟泊溪流曲曲，鸟啼烟树重重。独思白鹤遗址，好居五老云峰。

田舍

映水五株杨柳，当窗一树樱桃。洒扫石间萝月，吟哦琴里松涛。

山鸟下窥窗牖，春风时过柴门。避世何须郑谷，作书已绝巨源。

为曾高士画湖山旧隐

厌听残春风雨，卷帘坐看青山。波上鸥浮天远，林间鹤带云还。

南村草堂

云溶溶兮覆渚，波剡剡兮侵扉。鱼群泳而自乐，狎鸥驯以不飞。

云溪佳处

谁觅云溪佳处，渚花汀竹迷藏。去鹤原边倚杖，浮鸥波上鸣榔。

题竹图

黄陵庙前雨过，邯郸谷口风生。爱杀山人清致，纵横淡写秋声。

题画

罨画溪头唤渡，铜官山下寻僧。水榭汀乔曲曲，风林云磴层层。

己酉八月廿六日谩题

田父聊同尔汝，狂夫从问如何。昔日挥金豪侠，今朝苦行头佗。

题溪山雪霁图赠张以中

水影山容黯淡，云林细筱萧疏。谁见重居寺里，雪晴沙际吟余。

题画

雨过黄陵庙下，云生玉女井边。野雉雊鸣斜日，鹧鸪啼破林烟。

月下参差双玉，灯前萧散孤鸿。寄兴只消毫楮，写怀不用丝桐。

竹上谁弹清泪，如铅春雨斑斑。满眼湘江波浪，望穷白鸟飞还。

高树长松共晚，苍筠野石同贞。珍重王家公子，翩翩白鹤神清。

高柳乔柯小阁，水光山色衡门。未老作闲居赋，无钱对北海樽。

孝侯庙前雨过，罨画溪头日曛。旧迹如今梦里，春风愁乱行云。

燕乳一首

燕乳雏成竟去，鸾悲影只难双。借问荣归故里，何如高卧北窗。

画竹

珍重黄华父子，遗风得似洋州。松雪于今寞寞，房山去后休休。

我爱焦君味道，笔端点缀清新。规模虎儿早岁，未窥北苑入神。

赠潘仁仲

瓶内花簪白萼,庭中池养金鱼。驯虎只凭丹灶,活人惟留素书。

壬子十一月五日余遇牧轩于吴门客邸求写赠安素高士并赋

石润苔痕雨过,竹阴树影云深。闻道安素斋中,能容狂客孤吟。

倪云林先生诗集卷之六

八世孙珵重刻

十三世孙大培增订

村居

疏疏梅雨橘花香，寂寂桐阴研席凉。怪底林间金弹子，枇杷都熟不知尝。

绝句四首次九成韵

我别故人无十日，冲烟艇子又重来。门前积雨生幽草，墙上春云覆绿苔。
断送一生棋局里，破除万事酒杯中。清虚事业无人解，听雨移时又听风。
没径春泥不出门，山烟江雾昼长昏。槽床声杂茅檐雨，破却阴寒酒自温。
郯子论诗冀北空，晤言千里意常同。待晴紫陌堪萦手，行咏山光水影中。

至正十四年二月廿五日雨郯君九成赋绝句四首云

杏花帘幕看春雨，深巷无人骑马来。独有倪宽能忆我，黄昏蹑屐到苍苔。

春色三分都有几，二分已在雨声中。墙东两个桃花树，恨杀朝来一番风。

十日春寒早闭门，风风雨雨怕黄昏。小斋坐对黄金鸭，寂寞沉香火自温。

春寒时节病头风，惆怅年华逝水同。世事总如春梦里，雨声浑在杏花中。

倪瓒留宿高斋，篝灯为写春林远岫图并次韵，四诗题画上时夜漏下三刻矣，佩韦斋中书。

绝句三首

秋水清虚似泛槎，此生汨没似无涯。萧闲堂上收书坐，八月芙蓉始着花。

芙蓉花下坐鸣琴，疑在湘江斑竹林。翠节霓旌烟雨湿，秋来江水不知深。

岳生孙子最清颠，袁老弹琴和涧泉。一篑松肪初酿得，剩将醉尔竹林前。

画赠冯文仲

知君近住西湖曲，湖水沦涟似辋川。窗下青松高百尺，时时落雪满琴弦。

安遇

邻家借得酒盈罂，薄饭留君午不羹。僧夏安居余半月，重来相与说无生。

题玄会庵壁间

风雨萦愁梦不醒,紫薇花发渚南亭。望中迢递孤烟起,白鸟飞来菰蒋青。

追和戎昱寄许炼师

云雾轩窗倚半空,少霞铭处识新宫。遥看一片秋山色,鹤影裴徊明月中。

双井院前小立

山色微茫好放船,秋蕖野水夕阳边。西风更洒菰蒲雨,羡尔沙鸥自在眠。

雨晴

江上白蘋风起波,冷纹萦碧莫烟和。织成一幅鸳鸯锦,零落红衣远恨多。

王季野示余米元章诗卷因次韵

喟然点也宜吾与,不利虞兮奈若何。鸿雁不来风袅袅,庭前树子落桫椤。

吴松江只蒲萄绿,金井峰仍缥缈青。说与弋人何慕我,高飞鸿鹄杳冥冥。

大姚湖水白生烟,长物都除绝世缘。笙鹤不为归鹤怨,王生真是胜丁仙。

题竹树图

海中铁网珊瑚树，石上银钩翡翠梢。乌夜乱啼江月白，檀栾飞影下窗坳。
江边树影墨模糊，江上青山日欲晡。野思怅然无晤语，时来临水照眉须。

次韵曹都水

水品茶经手自笺，夜烧绿竹煮山泉。莫留樵客看棋局，持斧归来几岁年。
萧闲馆里挑灯宿，山罽重敷六尺床。隐几萧条听夜雨，竹林烟幕煮茶香。

惠麓小隐

锡麓洞前开竹扉，孟公旧筑草堂基。已倩王维图别业，更从裴迪赋新诗。

次韵春雨

鹦啼花落罢琴尊，山郭鸣钟霭已昏。莫嗔野鹿当萝径，只有春风到荜门。
青林微雨见东皋，桑柘阴阴飞百劳。可怜柳絮浮春水，无复萦空百尺高。
黯黯春云映户轻，绿芜斜日忽开晴。依微野径泉侵尽，风落桐花远思生。
桐叶题诗忆君处，望春惆怅夕阳沉。忧来蝶梦飞烟草，黄发萧萧曾不簪。

水仙花

晓梦盈盈湘水春，翠虬白凤照江滨。香魂莫逐冷风散，拟学黄初赋洛神。

绝句

醉唤吴姬舞踏筵，风栏花阵亦回旋。愁生细雨寒烟外，诗在青蘋白鸟边。

拜石图

米章爱砚复爱石，探瑰抉奇久为癖。石兄足拜自写图，乃知颠名不虚得。

赋宜远楼

宜远楼前春可怜，数峰依约乱流边。若为倚剑崆峒外，回望齐州九点烟。

别潘先辈

君来烟草正凄迷，君去溪头柳叶齐。挂席中流竟东上，莫重回首向荆溪。

怀曹都水

荆蛮野褐最清痴,怕与高人话别离。记得解携双树下,风帆目短泪垂垂。

赠墨生吴善

铜官山下白云亭,涧底长松长茯苓。传得潘生烧墨法,墨成持赠写丹经。

宿玄文馆

玄馆清虚五月秋,疏帘珍簟看瀛洲。窗前种得青桐树,时有凤凰栖上头。

奉答范征君云林见怀

想见雨池春溜满,唯应闲院绿苔生。落尽樱桃杏花发,轻舟归去看春耕。

三月五日为吴溥泉画窠石平远并诗

地僻林深无过客,松门元自不曾关。展将一幅溪藤滑,写得溪阴数点山。

为原道题画

二月东风溪水绿，幽林修竹影参差。杖藜日日溪西路，鱼鸟相娱只自知。

题张以中画

密雪初晴僧舍深，地炉活火酒时斟。张家公子清狂甚，冒冷看山意不禁。

今日披图感慨深，与君对酒若为斟。重居寺里松杉合，劫火兵灰已不禁。

吴采鸾像

谁见文箫逐采鸾，碧山萝月五更寒。犹遗写韵轩中迹，留得风流后世看。

用陈子贞韵题画

仙居乃在惠山东，悟者方知色是空。却坐西岩双树下，玉笙云里度清风。

舟过梁溪

荡桨清溪欲尽头，乱山出没暮云稠。便当濯足聊停棹，何处飞来双白鸥。

宿义兴先太初上人房

初公楼上雨萧萧，杨柳垂烟隔岸摇。何处舟人棹歌发，山长水远望兰桡。周将军祠隔水近，岳鄂五庙亦东邻。百年故事谁记忆，风雨清明愁杀人。

雪中折枇杷花寄吴寅夫

雪中自折枇杷花，走寄城南处士家。明日雪晴定相过，两株松下煮春茶。

雪不止重寄

清夜焚香生远心，空斋对雪独鸣琴。数日雪消寒已过，一壶花里听春禽。

为吴处士画乔林涧石

山家日出无行踪，雪树烟萝远且重。不见鹿眠磐石上，提壶自挂一长松。

张外史素不善画醉墨戏写张洞奇石颇一种逸韵德明装潢成卷走笔为赋

书画不论工与拙，颜公米帖岂图传。君看外史写奇石，醉墨依稀似米颠。

重送初上人参礼光公二首

西崦欣逢初上人，妙年藻思如春云。育王塔前礼佛竟，应修白业益精勤。

阿育王塔舍利存，山气无雪春冬温。莲花台近多罗树，中有人谈十二门。

对雨遣怀

数日枇杷花落尽，可怜春事到樱桃。听风听雨眠三日，排遣新愁付浊醪。

寄友

二月江水青接天，杨柳隔江摇绿烟。一夜愁心似春雪，随风舞影落君前。

次韵题高房山画卷

屋边昨夜春风起，蒋芽荇叶生春水。睡醒独坐无人声，历历青山水光里。

题赵荣禄揩痒马图次陈先生韵

韩干真龙下笔肥，银鞍罗帕落青丝。春风碧野和烟放，谁见林间揩痒时。

竹枝词

会稽杨廉夫邀余同赋西湖竹枝歌。余尝莫春登濒湖诸山而眺览，见其浦溆沿洄，云气出没，慨然有感于中，欲托之音调，以声其悲叹，久未能成章。也因睹斯作，为之心动言宣。为词凡八首，皆道眼前不求工也。

钱王墓田松柏稀，岳王祠堂在湖西。西泠桥边草春绿，飞来峰头乌夜啼。

湖边儿女十五余，乌纱约发浅妆梳。却怪爹娘作蛮语，能唱新声独当炉。

湖边女儿红粉妆，不学罗敷春采桑。学成飞燕春风舞，嫁与燕山游冶郎。

心许嫁郎郎不归，不及江潮不失期。踏尽白莲根无藕，打破蜘蛛网费丝。

阿翁闻说国兴亡，记得钱王与岳王。日暮狂风吹柳折，满湖烟雨绿茫茫。

春愁如雪不能消，又见清明卖柳条。伤心玉照堂前月，空照钱塘夜夜潮。

嗈嗈归雁度春江，明月清波雁影双。化作斜行筝上字，长弹幽恨隔纱窗。

辫发女儿住湖边，能唱胡歌舞踏筵。罗绮薰香回纥语，白氎蒙头如白烟。

题云林小景图

赤城霞暖神芝秀，洞里桃花不记春。何事却将山水脚，钟陵市上踏红尘。

后数年复用韵题

忆昔舟归雪浦滨，松林瑶草欲生春。闲拈逸笔图清思，今日披图似隔尘。

题画

青山矗矗水舒舒，相见郊原霁雨初。绝似三高亭上望，人家依约树扶疏。

题棘禽篘石图送高霞还玄元馆

烟雨萧萧墨未干,幽禽枝上语春寒。玄元馆里多篘石,饭饱临池自在看。

寄德常别驾

长洲东去有僧居,狂士来游密雪初。欲觅故人张别驾,清贫犹苦出无车。

爱尔作官清海滨,海涛岭雪白如银。已占辫麦明年喜,渐有衣襦富昔民。

廪食精丰养士多,村童野老亦讴歌。可无振厉新科格,选试能平定不颇。

题画

楼阁参差霞绮开,峰峦重复水萦回。赤栏桥外垂杨下,步月吹笙向此来。

题陈仲美画次张贞居韵

杜老茅堂倚石根,往来西让与东屯。一庭秋雨青苔色,自起钩帘尽绿尊。

斜日西风吹鬓丝,披图美翰学儿嬉。钓竿拂着珊瑚树,张祐题诗我所师。

连雨

三月雨声连子月，五湖舟楫住南湖。春愁黯黯如中酒，卷地狂风撼不苏。

吴中

望中烟草古长洲，不见当时麋鹿游。满目越来溪上水，流将春梦过杭州。

为蹇原道题竹木图

疏篁古木都成老，石涧莓苔亦有花。排闷不须千日酒，聊将小笔画龙蛇。

九日登华氏溪亭

茱萸黄菊稍斑斑，野水苍烟草莽间。送客归来逢九日，华家亭上独看山。

寄曹都水

溪南山影碧丛丛，水阁风林处处同。周处庙前新涨阔，数声柔舫月明中。

三月廿日题所寓屋壁

梓树花开破屋东,邻墙花信几番风。闭门睡起兼旬雨,春事依依是梦中。

邻墙桂花盛开

扶疏桂树隔邻墙,时有飞花到石床。起近南檐看月色,不须更炷水沉香。

六月五日偶成

□□青苔欲上衣,一池春水霭余晖。荒村尽日无车马,时有残云伴鹤归。

题寂照蒋君遗像

幻形梦境是耶非,缥缈风鬟云雾衣。一片松间秋月色,夜深惟有鹤来归。

梅花夜月耿冰魂,江竹秋风洒泪痕。天外飞鸾惟见影,忍教埋玉在荒村。

君姓蒋氏,讳圆明,字寂照,暨阳人也,年二十一归于我,勤俭睦雍,乡里称其孝敬。岁癸巳奉姑挈家避地江渚。又一年不事膏沐,游心恬淡,时年四十有七矣。如是者十一年,癸卯九月十五日微示疾,十八日清晨倏然而逝。甲辰正月廿四日题。

正月廿六日漫题

泖云汀树晚离离,饮罢人归野渡迟。睡起香销金鹊尾,独听疏雨打窗时。

二月十五日雨作

风轩红杏散余霞,堤草青青桃欲花。寒食清明看又近,满川烟雨乱鸣蛙。

雅宜山诗

雅宜山旧名娜如山,盖虞道园所命名,然未若娜如之名近古也,施君宜之先陇在其处,索余赋诗,因为竹枝歌一首遗之以复其旧焉。

娜如山头松柏青,阖闾城外短长亭。来山未久入城去,驻马回看云锦屏。

娜如山头日欲西,采香径里竹鸡啼。南朝千古繁华地,麋鹿蒿莱望眼迷。

送徐仲清还毗陵

昔年守义抗天兵，季子遗风尚足征。牧守荒淫嗟末代，荒墟榛棘竟谁惩。
有道杨公此驻车，遗言百世惑能祛。道乡忠义埋黄壤，牛斗龙光尚晔如。

六月十一吉祥庵题

僧夏安居我息机，清风日为扫柴扉。身形已似松梢鹤，还有悲歌续令威。

二日又题

随宜喧寂了残生，饭饱悠悠曳履行。日落吴松半江影，莫将欣厌恼闲情。

十三日雨窗排闷

俗患不侵忍辱铠，道力可胜纷华兵。明月无心含万象，浮云初不污圆澄。
雨声萧瑟似秋塘，淡泊红蕖满意香。火宅任渠生热恼，汪汪法海自清凉。

十六日雨晴

道耕岂患粥材罄，德猎何忧肉食无。底事甘餐希厚味，曲肱饮水色敷腴。

七月二十八日过丘氏林居秋风骚骚然至暮大作终夜不息因成小诗

西风杨柳暮骚骚，零落江云起怒涛。坐看荷花都落尽，倚窗孤咏楚天高。

松陵一首

松陵原上望长洲，绿玉平铺江水流。好取酿为千日酒，大瓢酌月散烦忧。

二月六日南园四首

雨里樱桃两树开，北风吹尽腊前梅。荒�隅隩无多柳，细草汀洲并是苔。
正月已阑烟雨寒，泊舟东渚听风湍。山长水远鸟飞急，不是离人也鼻酸。
春月寒逾腊月寒，盲风怪雨泊江干。天工自不为人料，一种春光有几般。
有子政如无子同，异居邈若马牛风。人间何物为真实，身世悠悠泡影中。

秋容轩

乍见芙蓉开满树，更怜杨柳绿含风。秋容好处无人会，都在溟蒙烟雨中。

碧花翠蔓引牵牛，丛竹黄葵意更幽。不用田畴三日雨，已输穲稏十分秋。

灵璧欹危四五峰，枇杷细弱未成丛。槿篱西面云千亩，牛背时闻一笛风。

村泯报本妙莲华，供佛烧香汲井花。独有桥东白石叟，依然倾酒食虾蟆。

松雪马图为原道题

渥洼龙种思翩翩，来自元贞大德年。今日鸥波遗墨在，展图题咏一凄然。

题墨萱

落尽幽花出一枝，爱儿男草近清池。水仙唯数彝齐赵，夏卉芳研尔更奇。

二月十九日夜风雨凄然南渚旅寓篝灯与端叔共坐因念兵戈满地深动故山之思遂赋

春雨春风满眼花，梦中千里客还家。白鸥飞去江波绿，谁采西园谷雨茶。

题曹云西画

吴松江水碧于蓝，怪石乔柯在渚南。鼓柁长吟采蘋去，新晴风日更清酣。

鹅次韵题

泛雪翻云未足佳，栖萍唼荇戏江沙。举群此日笼归去，识得能书内史家。
草青莎软暮烟和，点缀春江爱白鹅。不似贪饕夸厌饫，万钱日食未嫌多。
真迹黄庭世所珍，当时聊复送鹅群。宁知雪后攻城者，使乱军声用进军。

杂赋绝句

恢公妙得华光法，月影纵横白尚玄。留取禅门三昧法，松滋楮颖过年年。
空江水冷佩珊珊，去国千年始一还。身似吹笙王子晋，夜骑白鹤过缑山。
一色清江四面同，楼居如在画图中。主人欲刻皆山记，须得环滁老醉翁。
曾傍江流筑钓矶，朱门华屋事都非。身如王谢堂前燕，岁岁犹过白板扉。
痛饮酣歌未是狂，有岐何处觅亡羊。芹羹术煎茅君酒，更醉人间一万场。

赠通上人

惠远深心白莲社，汤休丽句碧云篇。忏摩不懈香灯供，般若仍通文字禅。
雨后春池芹细细，月明寒渚竹娟娟。东林门外闻钟返，只有陶公妙入玄。

题画竹

本朝画竹高赵李，惭愧后来无寸长。下笔能形萧散趣，要须胸次有筼筜。

题李光禄墨竹

云气翛翛青凤翎，湘江鼓瑟倩湘灵。壁张此画惊奇绝，醉倒茅君双玉瓶。

题宋仲温竹枝

画竹清修数宋君，春风春雨洗黄尘。小窗夜月留清影，想见虚心不俗人。

答陈谢二参军王长史

世故纷纭自纠缠，南山修竹老风烟。陈公怀抱政如此，清影萧萧月满川。
谢公好义今犹初，不可亲亵不能疏。松陵父老犹德尔，援若功多自不居。
经年不见王内史，秋夜有怀如此何。澄不为清挠不浊，汪汪万顷玉湖波。
萧萧短发不须冠，何处系舟云水宽。西塞山前夕阳里，芙蓉青堕水精盘。
百年苦乐孰深知，何可旬月无我诗。从渠推骂与争席，不废鹪鹩巢一枝。

题画与强仲端

日暮移舟何处泊，强家亭子水西头。惠山只在缃帘外，雨后幽泉想乱流。

题灵岩寺壁

我到灵岩古寺中，云烟楼阁郁重重。今朝醉倒山前石，留取纶巾挂偃松。

船中

野水荒寒寂寞滨，萋萋芳草也知春。五湖云浪浮天白，好遣轻鸥狎隐沦。

题墨竹

灯下萧萧玉一枝，吴松欲雪暮寒时。凭君为把青鸾尾，大扫阴云息怨咨。

为德常写竹枝

张公宅里挑灯话，对影依依梦寐同。坐到夜深喧境寂，庭前疏竹起秋风。

拜石图为王文静题

米颠嗜古命宜轻，玄宝崖珍祸患并。盥沐阅书私太尉，可怜谄佞小人情。清文绝俗盛名誉，不记坡翁奖拔初。得笔无如蔡元度，却言苏轼劣于书。

画竹与张元实

髯翁中岁得麟儿，漆点双瞳玉作颐。可惜空斋无楮颖，为拈秃笔扫风枝。

寄张德常

闻道淮安之任去，尊君今住叔兮家。来城又鼓吴松柁，好过苔矶弄钓车。

吴仲圭山水

道人家住梅花村，窗下松醪满石尊。醉后挥毫写山色，岚霏云气淡无痕。

题画赠崔子文

性癖居幽每起迟,一来溪口意凄迷。林亭晓色苍茫里,日送风帆过水西。

睡起

睡起晴云满涧阿,牛羊日夕下南坡。浮生富贵真无用,政似纷纷蚁一柯。

戏赠大云

不问羊车与鹿车,无三无二一乘耶。何劳赞叹并言说,心悟方能转法华。

题画竹

袅袅风枝墨未干,美人湘水逐笙鸾。恍然一枕游仙梦,清影纵横山月寒。

王叔明画

笔靖墨妙王右军,澄怀卧游宗少文。王侯笔力能扛鼎,二百年来无此君。

因卢山甫便寄曹德

使者停车溪水西，借栽绿竹僦幽栖。玉川野客寻津去，怅望孤帆意转迷。

李伯时画

飞仙游骑龙眠画，貌得形模也自奇。句曲真人亲鉴定，不须言下更题诗。

画竹

蟠虬舞凤寒云冷，挟以明蟾光炯炯。世人只解说洋州，小坡笔力能扛鼎。

商学士画次张外史韵

独棹扁舟引兴长，疏林远岫见微茫。商侯画笔张仙句，可比丰城宝剑光。

赠金懒翁制爪篱

闻君有漏与无漏，木杓爪篱都一般。欲觅懒翁安乐法，无生话子说团栾。

环绿轩

环绿轩中古逸民，瑟琴图史砚为邻。欲知此地多生意，试看窗前草色新。

题画赠原道

雪后园林梅已花，西风吹起雁行斜。溪山寂寂无人迹，好问林逋处士家。

与钱伯行宿栖云堂

小龙江上栖云室，望见石湖湖尽山。来与钱翁住三日，白云妍暖满中间。

人我二首

人以秋毫轩轻我，我心澹然如碧渊。何期失脚堕尘网，谈笑区中饱世缘。

醉中了了梦中醒，好语狂言不用听。莫起黑风飘鬼国，长教明月照中庭。

为仲章写竹石

沈君好古嗜尤淡，奇石幽篁心所欣。为写云林斋下景，月明春露湿衣巾。

次张师道韵

我爱张君真乐易，樵谈农语接欢欣。每思灵石山前住，六尺藤床一幅巾。

题画

南望铜官晓色新，三株松下一茅亭。何当濯足临前涧，坐石闲书相鹤经。
坦腹江亭枕束书，澄清江水自空虚。修篁古木悠悠思，何处青山可卜居。
怪石足当米老拜，修竹定是王猷栽。磊落琼瑰雨洗出，团栾清影月移来。
怪石雨余苔藓滋，月明鸾尾影参差。春风忽过庭前树，会见清阴覆墨池。

柯丹丘梅竹

竹里梅花淡泊香，映空流水断人肠。春风夜月无踪迹，化鹤谁教返故乡。

用潘子素韵题柯敬仲墨竹

古木幽篁春淡淡，斜风细雨石苍苍。何人识得黄花老，弄翰同归粉墨囊。
吴松江水似荆溪，只欠山光落酒卮。古木幽篁无限思，西风吹鬓影丝丝。

题画

琅玕节下起秋风，寒叶萧萧烟雨中。赠子仙坛翠鸾帚，杏林春扫落花红。
逸笔纵横意到成，烧香弄翰了余生。窗前竹树依苔石，寒雨萧条待晚晴。
野店枯槎何处园，千花羞涩不成妍。竹枝臬臬春石恶，卧看归鸿水拍天。

落落长松生夏寒，莓苔樗散共盘桓。王谢家庭多玉树，依然犹是晋衣冠。
雨后池塘竹色新，钩帘翠雾湿衣巾。为君写出团栾影，喜比他乡见似人。
斑斑石上藓纹新，阴落先生乌角巾。貌得两枝初雨后，可怜清兴属幽人。
为写新稍十丈长，空庭落月影苍苍。王君胸次冰霜凛，剪烛谈诗夜未央。
舟过松陵甫里边，幽篁古木尚苍然。何人得似王征士，静看轻鸥渚际眠。

逢着乡人朱伯亮，朱弦披拂共南薰。研池雨过添新涨，特为濡豪写墨君。
右临青嶂左澄江，未觉羲皇远北窗。安得茅君酒斟酌，幽人许致玉瓶双。
乔木丛篁倚苔石，故家遗业总成灰。二乔忆嫁周公瑾，尚有枝孙气不衰。

寄陆炼师

忽忆南湖陆炼师，若为湖上住多时。明朝拟望仙帆至，好买松鲈作脍丝。

寄张处士

江边杨柳绿丝烟，影落清波万里天。处士时时惊晓梦，门前椎鼓发盐船。

题幽篁古木图为文静征君赋

环庆堂前翠竹多，雨苔侵石树交柯。不游罨画溪头路，奈此春宵月色何。

题李遵道枯木竹石

我识黄岩李使君，墨池词气霭如云。莫言但得丹青誉，曾有人书白练裙。

寄人

无室无家老更颠，草衣木食度年年。开春若问桃花宿，先到俞君旧宅前。

题画竹赠西溪处士

雪叶霜枝耐岁寒,栉风沐雨不成欢。百年强健且行乐,留取清溪作钓竿。

赠曹德昭

谷口桐林落绛霞,仙帆初泊野人家。萧闲馆里青苔合,看到阶前芍药花。

题画赠单君

单君子达荆溪住,不到荆溪已十秋。古木幽篁苔石路,每经行处思悠悠。

赠沈掾

萧萧白发沈休文,问舍求田江水渍。此夕一杯成酩酊,淋漓醉墨气如云。

寄王簿

客愁醉似未招魂,老去情怀孰与论。诗寄句容王主簿,忆从白璧达天门。

太白尝从金陵泝流过白璧山玩月达天门赋诗寄句容王主簿顺逆

顺逆推移莫爱嗔，白云终不染缁尘。世情如火心如水，屋里须教有主人。

次韵题黄子久画

白鸥飞处碧山明，思入云松第几层。能画大痴黄老子，与人无爱亦无憎。

烟鹤轩二首

烟鹤轩前枕石眠，一声清唳落江烟。揽衣起望行云急，远思凭虚忽欲仙。

枫落吴江云雨空，曳然鸣鹤紫烟中。坐看雪影横江去，明灭寒流夕照红。

林宗道新辟小轩，南望平芜烟树，眇然有千里之意，因名之曰烟鹤。盖取韦刺史远水烟鹤唳诗语为赋二小诗著轩中。

赠张德常

老疾吟哦张判官，僦居江海觉心宽。好乘黄鹄风埃表，万里云霄一羽翰。

龃龉疲驽饮龁余，鞭笞喘汗驾盐车。麒麟已老终超逸，不受金羁去玉除。

客舍咏牵牛花

小盘承露净铅华，玉露依稀染碧霞。弱质幽姿娱我老，傍人离落蔓秋花。

调玄度

江渚荷花落日红，画檐栏槛纳凉风。何人得似张公子，诗在烟波眺望中。

清明后题

野棠花落又清明，杨柳青青人耦耕。春物阑珊成底事，半江疏雨暮潮平。

再用前韵呈钱思复

目断青山白鸟明，姑苏城下有人耕。越来溪水流遗恨，鸣咽声中似不平。

再用韵

春泥滑滑暮霞明，苔满石田那可耕。眼底纷拿诗可遣，胸中崒嵂酒能平。

鹤盈轩西芍药欲红矣戏成绝句奉呈雪林隐君求折二枝

阶前红药无人摘，彩翠笼烟溪水南。为折一枝和瑞露，小窗卮酒咏春酣。

闻鸭鴂

林影昽昽鸭鴂声，欧阳诗句最关情。画檐宫烛朝仪早，欹枕船窗忆太平。

四月七日雨

水宿风行冬复春，汀花汀草思纷纷。泊舟无赖终宵雨，梦入苍梧万里云。

追和苏文忠墨迹卷中诗韵

脉脉远山螺翠横，盈盈秋水眼波明。西北风帆江路永，片云不度若为情。

雨挟江潮来浦口，霜凋木叶见山尖。寒波曾照飞鸿影，鬒雪朝朝与恨添。

风雨翻江梦里惊，忽思风驭绛霄翎。世间那得麻姑爪，痒处爬搔忆蔡经。

湖边窗户倚青红，此日应非旧日同。太守与宾行乐地，断碑荒藓卧秋风。

奎章阁下掌经纶，清浅蓬莱又几春。三十六宫秋寂寂，金盘冷露泣仙人。
蔡公闽峤双龙璧，苏子儋州万里船。何似归田虞阁老，醉吟清浦月娟娟。
嗜酒狂吟秃鬓翁，华阳坛馆百花风。晚年传得登真诀，归卧南山涧谷中。
窗里晚山眉翠重，汀前秋水眼波明。白鸥飞处循归路，眇眇新愁故国情。

别陆氏女

去住情悰两可哀，天公与我已安排。前途恐有宽闲地，未信狂夫事事乖。

题画

海鸥何事更相疑，野老如今久息机。旅泊一篷南渚上，云涛烟树影依微。

六月九日过以中野亭赋

豆苗引蔓已过檐，荇叶团团菱叶尖。野亭中间坐至晚，窗前竹影月纤纤。

雨后

雨后空林生白烟，山中处处有流泉。因寻陆羽幽栖处，独听钟声思惘然。

题画赠王允同

湛湛绿波春雨里，娟娟翠竹晓风前。此中著得玄真子，一棹夷犹独醉眠。
桐露轩前月满窗，竹声树影落春江。青苔石径无人迹，坐待归来白鹤双。

江上

石侵春雨林间藓，竹带沙汀日暮烟。江上清阴随月落，船头白鸟傍人眠。

二王游骑图

每忆开元全盛时，王王游骑日追随。鹡鸰原上双兄弟，挟弹荒郊想凤池。

谢笔

陶泓思渴待陈玄，对楮先生意未宣。何似中书二君至，明窗脱帽一欣然。

闻竹枝歌因效其声

钿山湖影接松江，橘叶青青柿叶黄。要写新诗寄音信，西风断雁不成行。
江流不住楚山青，船到浔阳几日程。不忍寄将双泪去，门前潮落又潮生。

高尚书画竹

石室风流继老苏，黄华父子亦敷腴。吴兴笔法钟山裔，只有高髯不让渠。

看花仕女图

画图常识春风面，云雾衣裳楚楚裁。为问人间春几许，石栏西畔牡丹开。

剖瓜士女图

月弯削破翠团团，六月人间风露寒。谁觅东陵故侯去，但知华屋荐金盘。

王都事家听周子奇吹笙

隔水吹笙引凤鸣，十三声外柳风清。风流自有王子晋，留取清樽吸月明。

赵魏公兰

天上宣和落墨花，彝斋松雪擅名家。遥看苕霅山如玉，雪后春风自茁芽。

管夫人画竹

夫人香骨为黄土，纸上萧萧墨色新。凄断鸥波亭子上，镜台鸾影暗凝尘。

树石小景

嘉树幽篁涧石隈，当年曾此好怀开。如今寂寞空山里，谁复缄情折野梅。

墨梅

幽兰芳蕙相伯仲，江梅山矾难弟兄。室里上人初定起，静看明月写敷荣。

题杂画

白云孤鹤莫知还，船泊钱塘看越山。珍重今朝重展卷，吟诗作赋北窗间。
新柳春柯未著雅，短篱茅屋野僧家。放舟不怕归来晚，白水田畦已有蛙。

小坡曾写鸡栖石，犹在荆溪山寺中。几欲规摹浑忘却，可怜零落坠秋风。
松瀑飞流到枕边，道人清坐不须弦。王君笔力能扛鼎，用意何曾让郑虔。
庭树霜黄尚有阴，午窗危坐自鸣琴。问谁得似沈夫子，北牖羲皇见此心。

题画

荷叶田田柳弄阴，菰蒲短短径苔深。鸟飞鱼跃皆天趣，静里游观一赏心。
一代舒王不数人，曾哦雪竹与霜筠。云林野思生幽梦，睡起濡豪一写真。

寄人

杨柳春风未放黄，晴天孤雁不成行。忽思小谢生幽梦，芳草池塘路亦荒。

怀吕君

三年不见吕高士，清夜时时梦见之。安得长风生羽翼，与君濯发向咸池。

寄人

秋光明可截开刀，一隼横空厉羽毛。犹忆南汀萦手处，断云残日下亭皋。

烟雨

烟雨空蒙远树齐，人家树底自成蹊。只应三月吴松尾，渚际维舟听竹鸡。

仲穆马图

花门旧进青骢马，天水王孙貌得真。溪上犹遗光禄宅，海宁何以久风尘。

墨水仙

宋诸王孙释大云，清诗多为雪精神。谁言一点金壶墨，解寄湘江万里春。

绝句

要识清虚甘寂寞，何如快活地中仙。千岩万壑松窗里，烂醉吟哦石上眠。
睡起晴云满涧阿，牛羊向夕下平坡。浮云富贵真何用，政似纷纷蚁一柯。

十月

十月江南未陨霜，青枫欲赤碧梧黄。停桡坐对西山晚，新雁题书已著行。

赠玄容

枯柳疏条栖鸟稀,归人稚子候檐扉。政如十月江南岸,落日西山翠影微。

松涧图

青松涧底结凄阴,老大还无用世心。张洞西边煮药灶,山灵虚闭白云深。

寄友生

周君读书离墨山,山中卧看白云间。翻然遂逐云归去,松下草堂深闭关。

题陈惟允画

韩公曾听颖师琴,山水萧条太古音。不作王门操瑟立,溪山高隐竟何心。

春雨

春雨萧条独掩扉,庭柯径筱绿依依。莫思南渚停舟处,烟柳垂阴满钓矶。

寄王叔明

野饭鱼羹何处无,不将身作系官奴。陶朱范蠡逃名姓,那似烟波一钓徒。

寄韩伯清

何处田庐业可租,金堂玉室梦全无。为谋蔬药樵渔地,好在何山碧落湖。

题赵承旨墨竹用张外史韵

篧篧生绡写竹竿,愁看春雨满空坛。风流谁识当时意,万里鸥波烟景寒。

晚照轩偶题

南湖春水碧于天,梦作沙鸥狎钓船。绿树拂檐风雨急,觉来依旧北窗眠。

檐前幽鸟自相呼,池上红蕖映绿蒲。五月夜凉如八月,一窗风雨梦南湖。

醉后赠张德机

允同日夕能求画，靳酒藏茶更惜香。独有馆中张博士，夸余弄翰不寻常。
博士今宵不用夸，竹枝袅袅趁风斜。莫烦更把官奴烛，且与狂吟野老家。

西家饮酒不尽欢，东家灯下坐团栾。我侬自有一壶酒，不怕先生酒量宽。
空折花枝插满盆，清吟清坐想盘飧。主人欲劝松肪酿，谩道糟床尚苦浑。
谁醒宜城竹叶春，竹枝空画损精神。诗成不压干喉吻，谁道伤多酒入唇。

赠僧

清流堂上无尘事，奇石修篁映梵书。长日粥鱼斋鼓罢，竹窗虚寂坐如如。

题张元播扇

听雨楼中也自凉，闲停笔砚静焚香。君来为煮稽山茗，自洗冰瓯仔细尝。

题画

湖水清空好放船，青山依约白鸥边。忽思周处祠前路，古木荒烟一惘然。

画竹赠申彦学

吴松江水似清湘，烟雨孤篷道路长。写出无声断肠句，鹧鸪啼处竹苍苍。阿依渡江畏风波，听渠声唱竹枝歌。淇园青青淇水绿，不似潇湘烟雨多。

青山

夕阳渡口见青山，谁识其中有此闲。我本为樵北山北，卖薪持斧到人间。

原上人

上人住近西山麓，左右泉声乔木深。拄杖逍遥扣门去，临池濡墨写春阴。

题木石赠丘志

古木幽篁丘氏宅，江波落日妙莲庄。泊舟风雨留三月，卧看凫鹭十里塘。

赠伯清

市上休疑张伯清，药无二价制颓龄。何当扫雪居幽谷，与我松根采茯苓。

题画

长江秋色渺无边，鸿雁来时水拍天。七十二湾明月夜，荻花枫叶覆渔船。

偶成

紫燕低飞不动尘，黄□娇小未胜春。东风绿遍门前草，暮雨寒烟愁杀人。

荆溪秋色图为卜震亨题

罨画溪头秋水明，上人逸笔思纵横。云山多少玄晖句，不道毫端画得成。

为潘仁仲写梧竹草亭

翠竹萧萧倚碧梧，一亭聊以赋闲居。浮杯乐饮思潘岳，藻思春江濯锦如。

羔羊一首

羔羊跪乳犹有别，林乌返哺能无违。彼哉微物具至理，感尔太息泪沾巾。

己酉元日题徐氏南园壁

九日尘污一日清,南园池水濯冠缨。卑卑燕雀难喻大,自展培风九万程。

六日题

寄居丘氏小偷闲,尽室逃亡夜向阑。县吏捉人空里巷,挈家如出鬼门关。

韦羌草堂图

韦羌山中草堂静,白日读书还打眠。买船欲归不可□,飞鸿渺渺碧云边。

题彦贞屋壁

王子五月廿七日,吕君隐所余又来。轻舟短棹向何处,只傍清波不染埃。

绝句

枕帏椰席使安舒,借我飞裙意有余。更借裙拖三百日,高秋还子有佳书。

题画次韵

羲献才情似水清，暑窗葵扇与桃笙。中州父子黄华老，信是前贤畏后生。

中州人物，独黄华父子诗画逸出毡裘之表，为可尚也。观澹游此卷，笔意萧然，有蔡天启风流，盖高尚书之所祖述而能冰寒于水者，与卷后有欧阳承旨所赋诗，不揆因次第其韵，丙午六月晦日。

偶寓姚城江上村，水如蛟舞石如鼋。清风明月许元度，为余倾倒绿波轩。

后二十三年为戊申岁，元度张君得此，持以示仆，披卷如梦寐间也。因援笔次外史诗韵诗已为之泫然。外史已仙去，张荣禄鉴禅师不见数十年，存亡不能知，尤令人凄断也。九月十一日题。

正月八日宿禅悦僧舍题赵荣禄马图

小僧院里无尘事，夜雨灯前兴不孤。寥寥说竟无生话，更览王孙骏马图。

画赠王生

白沙岸下幽人宅，翠竹林中卖酒家。好事江千王处士，客来为黍酒仍赊。

题画

笠泽依稀雪意寒，澄怀轩里酒杯干。篝灯染笔三更后，远岫疏林亦耐看。

题画赠卢山甫

卢君绝似米颠子，品画评诗也自佳。我画亦憎肩汗污，手为装缉挂高斋。

白石先生古貌古心轻财而重义实生于吾后之师令人寤寐不能忘但幽居默如潜逃则殊令人愦愦耳昨暮辱醉中词翰读之洒然也因次韵希一笑

深感分尝酒数罂，醋鸡闻胜驼蹄羹。轰轰烈烈男儿事，莫使磨拖过此生。
空宇寥寥秋燕巢，笑谈谁与共游遨。南邻虽有幽贞士，默默深潜如避逃。

柯丹丘梅竹

山川摇落夜漫漫，老木幽篁巧耐寒。画里陈侯有佳句，皎如明月映琅玕。

绝句

七月三日快哉风，野亭不厌酒杯空。况有尊前沈腰瘦，何妨醉倒田家翁。

密雪时晴照日初，东窗竹影写扶疏。也知江渚张高士，衲被敦敦偃仰余。

七月九日一杯酒，吾友王君将远游。况有吕家张处士，逍遥江渚狎轻鸥。

题画

绝忆丹阳蔡天启，秋深淡墨意纵横。陈君笔力能扛鼎，可见前贤畏后生。

松雪马图

旧写天闲八尺龙，鸥波濡墨水晶宫。纷纷世俗争模仿，儿子门生亦秃翁。

赠潘仁仲

良相良医意活人，得仁要亦在求仁。能调脾肺心肝肾，不出酸咸甘苦辛。

题画竹

三家市上沽村酒，亥夜明灯初自酉。官奴把烛我所无，由篁乱写非风柳。

故元处士云林先生墓志铭

云林倪瓒字元镇，元处士也。处士之志业未及展于时，而有可以传于世。诵其诗，知其为处士而已。盖自诗法既变，而以清新尚，莫克究古雅。处士之诗不求工，而自理致冲淡萧散，尤负气节，见于国朝风雅，而与虞、范诸先辈埒。今板行于世，故弗论。若处士之世系，固不可无述也。按，倪之先，汉御史宽之裔也。十世祖硕仕西夏，宋景祐使中朝，留不遣。徙居淮甸，占籍都梁，为时著姓。

建炎初，五世祖益挈其家渡江而南，至常州无锡，侨梅里之祇陀，爱其地胜俗淳，遂定居焉。厥后族属寖盛，赀雄于乡。高祖伋、曾大父淞皆厚德长者，隐而弗耀。大父椿、父炳勤于治生，不坠益隆。母蒋氏，而处士严出也。生而俊爽，稍长强学好修，性雅洁，敦行孝弟，而克恭于兄，相其树立，率子弟以田庐生产，悉有程度。有余财，未尝资以为俚俗纷华事。

其师巩昌王仁辅，老而无嗣，奉养以终其身，殁为制服执丧而葬焉。若宦游其乡客死不能归衬者，则割山地以安厝之。见义则为，不以儿妇人语解。尊官显人乐与之交，于宗族故旧煦煦有恩，尤善周人之急。神精朗朗如秋月之莹，意气霭霭如春阳之和。刮摩豪习，未尝为纨绮子弟态。谈辨绝人，亹亹不倦。好客之名闻于四方，名傅硕师、方外大老咸知爱重。所居有阁，名“清閟”，幽迥绝尘，中有书数千卷，悉手所较定，经、史、诸子、释、老、岐黄、纪胜之书尽日成诵。古鼎彝、名琴，陈列左右，松桂、兰竹、香菊之属敷纡缭绕，而其外则乔木修篁，蔚然深秀，故自号云林。每雨止风收，杖屦自随，逍遥容与，咏歌以娱，望之者识其为世外人。客至辄笑语留连，竟夕乃已。平生无他好玩，惟嗜蓄古法书名画，持以售者，归其直累百金，无所靳。雅趣吟兴每发挥于缣素间，苍颈妍润，尤得清致，奉币贽求之者无虚日。晚益务恬退，弃散无所积，屏虑释累，黄冠野服，浮游湖山间，以遂肥遁。气采愈高，不为谄曲以事上官，足迹不涉贵人之门。与世浮沉，耻于炫暴，清而不污。将依隐焉，世气颇静，复往来城市，混迹编氓，沉晦免祸，介特之操，皦然不逾。年既老而耳益聪、目益明，饮啖步履不异壮时，气貌充然，其所养可知矣。处士所著有稿，句曲张天雨、钱塘俞和爱之，为书成帙，藏于家。洪武甲寅十一月十一日甲子以疾卒，享年七十有四。娶蒋氏，先处士七年卒。子二：长洗孟氏字也，次孟羽，号□逸。女三：长适徐瑷，次适陆颐，幼为母舅蒋氏女，孙男女若干人。既以某年某月日，奉柩葬于无锡芙容山祖茔之下，而刻石识岁月，且遵治命来征铭。余辱游于处士甚久，处士来吴尝主余家，山肴野籁，促席道故旧。间规其所偏，未尝愠见。或吟诗作画，纵步徜徉。今年秋仲留诗为别，而孰知遂成永诀乎！余少处士七岁而将衰，行将与草木俱腐，何足以任其托乎？虽然讵可恝然亡言乎？辄举其概为铭以畀之，聊以纾余哀云耳。铭曰：受才之美有其时，曷贾弗售卒不施，依隐玩世与时违，安常处顺全吾归；啬不使禄昌载诗,寝言歌之其声希,没而不朽惟在兹。

拙逸老人周南老撰

故元处士倪云林先生旅葬志铭

云林姓倪,讳瓒,字元镇,所居云林,故号云林先生,其家常州无锡富家。至正初兵未动,鬻其家田产,不事富家事,事作诗,人窃笑其为戆。兵动,诸富家剽剥废田产,人始赏其有见。性好洁,盥颈易水数十次,冠服着时数十次拂振,斋阁前后树石尝洗拭,见俗士避去如恐浼。从王文友读书,文友死,殓葬不计所费,一如其所亲。交张伯雨,后伯雨至其家,会鬻田产,得钱千百缗,念伯雨老不载至,推与不留一缗。盛年清名在馆阁,晚当至正末,飘流中作诗益自喜。其诗信口,率与唐人语合。年七十四,旅葬江阴习礼。子二,孟民、孟羽。孟民,早卒。女三。其诗散逸,人咸惜之。铭曰:捐所忧心何求,吁嗟乎其为安;所由身何投,吁嗟乎其时黝;所修名何留,吁嗟乎其诗。

长乐王宾撰

倪云林先生诗集附录

鹤溪先生画像赞

家庭教子，佩学诗学礼之言。岩穴置身，有忧国忧民之色。是知克仁而寿，能文而德也。

赵士瞻小像赞

处乎寂寞之滨，乃有悦豫之色。将儒于列仙，癯于山泽。我知之矣，岂登山临水以忘归，贫贱不足为其忧，富贵不足为其怿者，非耶？

陈天倪处士画像赞

其介特孤峭，非松瀑之甥而能然欤？其好学能文，盖尝从游于草庐，栖迟衡门之下。鼓瑟动操之间令众山响，与之俱童冠风雩，以间咏逮乎暮春之初。

王季野画像赞

粹然春温者，犹有若翁素履之德容也。凛乎秋清者，得乎湘累楚骚之遗风也。与时上下,人莫知其所存乎中也。匪以吾义,吾将曷从也。乔木莺鸣,云山鹤飞。轻薄纷纷,吾何是非。登山临水,聊消摇以忘归。

良常张先生画像赞

诵诗读书,佩先师之格言。登山临水,得旷士之乐全。非仕非隐,其几其天。云不雨而常润,玉虽工而匪镌。其据于儒,依于老,逃于禅者欤?

钱塘王生思善画,德常时年四十二矣。东海倪生赞之曰云云,德常高情虚夷,意度闲雅,顾非顾长康之丘壑置身,曹将军之凌烟润色,又那缘得其气韵耶?王生盖亦见其善者几耳。今日因过德常草堂,出此图求赞,且欲作树石其旁。乃先缀数语像上,树石俟它日补为之。

谢仲野诗序

《诗》亡而为《骚》,至汉为五言,吟咏得性情之正者,其惟渊明乎?韦、柳冲淡萧散,皆得陶之旨趣,下此则王摩诘矣。何则?富丽穷苦之词易工,幽深闲远之语难造。至若李、杜、韩、苏,固已恒赫焜煌,出入今古,逾前而绝后,校其情性有正始之遗风,则间然矣。延陵谢君仲野,居乱世而有怡愉之色,隐居教授,以乐其志,家无瓶粟,歌诗不为愁苦无聊之言,染翰吐词,必以陶、韦为准则。己酉春,携所赋诗百首示余于空谷无足音之地,余为讽咏永日,饭瓦釜之粥糜,曝茅檐之初日,怡然不知有甲兵之尘、形骸之累也。余疑仲野为有道者,非欤?其得于义熙者多矣。

陈惟寅僦屋疏

陈惟寅甫与弟惟允闲居养亲，栖隐吴市，不耻贫贱，不乐仕进，熙怡恬淡，与物无迕，虽过朱门如游蓬户也。世本蜀人，其大父居五老峰下。父天倪先生因游吴，爱锡麓洞有好流水，家于惠山之阳。久之，有少曰同舍生赵从事招往馆于其家，遂复留吴市焉。兵后，栖栖无定居，江右同邑人饶介之为之僦屋，使得以安菽水之奉。而僦屋之资，则非一人所办。饶君素清苦，又不欲以外事累人也。仆遂为之一言，世岂无急人之急，忧人之忧，解衣推食，指廪借宅，豪杰倜傥，如古之人者哉？老杜所谓安得大厦千万间，大庇天下寒士俱欢颜者，请为诸君诵之。至正壬寅十二月九日，倪瓒言。

题良常草堂疏　捐舍赵荣禄正书一卷

昔王录事寄少陵之资、近代赵文敏干岳氏之助，皆有实效，不事虚文。今德常欲构草堂，所求者柯、张、杜三君，或宿诺而寒盟，或解嘲以调笑，遄求其实，则罔所知数年之间，三君已矣。草堂适成，载览标题，重增嗟悼，捐予珍秘，永镇新居。

题画

至正辛丑十二月廿四日，德常明公自吴城将还嘉定，道出甫里，椗柁相就语。俯仰十霜，恍若隔世。为留信宿，夜阑更秉烛相对，如梦寐者甚，□似为仆发也。明日微雪作寒，户无来迹，独与明公逍遥渚际。隔江遥望天平、灵岩诸山，在荒烟远霭中，浓纤出没，依约如画，渚上疏林枯柳，似我容髮萧萧。可怜生不能满百，其所以异于草木者，犹情好耳。年逾五十，日觉死生忙，能不为之抚旧事而纵远情乎！明公复命画江滨寂寞之意，并书相与乖离感慨之情悰。□德常今为嘉定同知，于民有惠政，即昔日之良常山人也。朱阳馆主萧闲仙卿倪瓒言。

懒游窝记

昔司马子长游涉万里，壮丽奇伟之观、前贤往圣之迹，有以泄其怀古感今、愤懑郁律之气。《史记》之书既成，藏之名山，以俟后圣君子也。宗少文壮岁好游，晚以所历名山尽画屋壁，曰：老疾俱至，名山恐难徧睹，唯澄怀观道，卧以游之。子长雄奇之文、少文神妙之画，善而犹有待，又乌睹神马车轮与造物游鸿蒙之外者哉！若夫登化人之居，游华胥之国，是皆神遇，岂复有待乎？金君安素高卧林居，慕杨、许得尸解上道，乃怡神葆和，内视密盼，焕标霞之孤映，朗性月之独照，因名其斋居懒游焉。噫，尸居而龙见，不出户知天下，善行无辙迹，盖神游无方，非拘拘局于区域、逐逐困于车尘马足之间，安素仙仙乎道矣。王方平尝与麻姑言：比不来人间五百年，蓬莱作清浅流，海中行复扬尘耳。熟邯郸之黄粱，归华表之白鹤，人间纷纷如絮，时一飞神游盼，吾固知安素不与悠悠世人同一悲慨也。

书画竹

以中每爱余画竹。余之竹聊以写胸中逸气耳,岂复较其似与非,叶之繁与疏,枝之斜与直哉!或涂抹久之,它人视以为麻为芦,仆亦不能强辨为竹,真没奈览者何,但不知以中视为何物耳。

跋环庆王氏所藏赵荣禄六帖

右赵荣禄与觉轩先生手简,共六纸,有以知交谊之深、家世之旧也。先生学行纯正,为宋琅琊王仲宝之后,仕至兰溪州判官。今获观于其孙光大之彝斋。老成典刑,不可复见矣,尚赖翰墨文章,有以想其风流哉。庚子二月十日,倪瓒题。

忠靖王庙迎享送神诗有序

至顺元年春,吴楚荐饥,天灾流行,连数郡道殣相望,沴气薰袭,为瘥为扎,锡之民咸被渐染,大小惴惴,无所请命。邦之遗老相与言:吾邦西山之阳有岳祠,祠有明神焉,曰忠靖王,胙爵东平,生能奋忠,死有遗烈,赫声耀灵,福我锡民,自有年矣。在昔季宋大疫,用祷于神,变沴为祥,德载歌咏。民病亟矣,宜从故事。乃合群谋,吁众戚,卒从祠下,铙鼓镗铉,旗纛晻霭，导骈驾以临城南，香云涨空，耄稚奔走，众心椎诚，祈祀惟谨，惟神顾歆，来格来享，若沐神水，若濯泠风，驱攘妖氛，民疾用瘳，丕烨神化，无远弗暨。邻邑之民，祈者踵接，环句吴四封，所活几万人焉，是神有大造于吾民也。礼神能御大菑、捍大患者则祀之，矧威烈若此？是宜尸祝。而社稷之旧祠燬于火，未几民更兴复其制。瓒尝以母病致祷，立愈，因作《迎享》《送神》辞二章，刻诸山阿，俾锡以祀之。

辞曰："灵皇皇兮岱宗，神之来兮驾蜚龙。赫苍颜兮朱发如火，纷羽卫兮岳祇嵽峨 。青霓旌兮白容裳，降大荒兮祓不祥，驱野仲兮逐游光。惠我民兮神乐，康罗帐兮云幄。湛寒泉兮瑟兰夕，舞偃蹇兮吹参差。荐芳馨兮神亨之，灵娭娭兮奈何。树紫檀兮山之阿。匪斯□兮福斯土，沐神休兮千万古。

神之去兮骖云螭，风飒兮吹灵旗。恍临风兮延伫，怅神游兮难驻。神游兮翩翩，抚一气兮周八埏。朝腾驾兮西神，夕弭节兮东鲁。噫！神往兮莫我顾，民有吁兮载福斯祐。折琼花兮迟神归，岁复岁兮神宁我违。石戋戋兮流水，寿我民兮报祀无已。"

清平乐　在荆溪作

汀烟溪树，总是伤心处。望断溪流东北注，梦逐孤云归去。　　山花野鸟初春，渔郎樵叟南津，谁识摧颓老子，醉人推骂从嗔。

凭栏人　赠吴国良

客有吴郎吹洞箫，明月沉江春雾晓。湘灵不可招，水云中，环佩摇。

人月圆

伤心莫问前朝事，重上越王台。鹧鸪啼处，东风草绿，残照花开。怅然孤啸，青山故国，乔木苍苔。当时明月，依依素影，何处飞来。

又

惊回一枕当年梦，渔唱起南津。画屏云嶂，池塘春草，无限消魂。旧家应在，梧桐覆井，杨柳藏门。闲身空老，孤篷听雨，灯火江村。

太常引|伤逝

门前杨柳密藏雅，春事到桐华。敲火试新茶，想月佩云衣故家。苔生两馆，尘凝锦瑟，寂寞听鸣蛙。芳草际天涯，蝶栩春晖梦华。

殿前欢

揾啼红，杏花消息雨声中。十年一觉扬州梦，春水如空。　　雁波寒写去踪。离愁重，南浦行云送。冰弦玉柱，弹怨东风。

水仙子

东风花外小红楼，南浦山横眉黛愁。春寒不管花枝瘦，无情水自流。檐间燕语娇柔。惊回幽梦，难寻旧游，落日帘钩。

吹箫声断更登楼，独自凭栏独自愁。斜阳绿惨红消瘦，长江日际流。百般娇千种温柔。金缕曲新声低按，碧油车名园共游。绛绡裙，罗袜如钩。

折桂令拟张鸣善

草茫茫，秦汉陵阙。世代兴亡，却更似月影圆缺。山人家堆按图书，当窗松桂，满地薇蕨。　　侯门深何须刺谒，白云□自可怡悦。到如今世事难说，天地间不见一个英雄，不见一个豪杰。

又辛亥过陆庄

片帆轻，水远山长。鸿雁将来，菊蕊初黄。碧海鲸鲵，兰苕翡翠，风露鸳鸯。问音信何人蒂当，想情怀旧日风光。杨柳池塘，随处凋零，无限思量。

水仙子因观《花间集》作

香腮玉腻鬓蝉轻，翡翠钗梁碧燕横。新妆懒步红芳径，小重山空画屏。　　绣帘风暖春醒，烟草粘飞絮，蛛丝罥落英，无限伤情。

江城子感旧

窗前翠影湿芭蕉，雨萧萧，思无聊。梦入故园，山水碧迢迢。依旧当年行乐地，香径杳，绿苔饶。　　沉香火底坐吹箫，忆妖娆，想风标。同步芙蓉，花畔赤栏桥。渔唱一声惊梦觉，无觅处，不堪招。

柳梢青赠妓小璚英

楼上玉笙吹彻。白露冷、飞璚佩玦。黛浅含颦，香残栖梦，子规啼月。　　杨州往事荒凉，有多少，愁萦思结。燕语空梁，鸥盟寒渚，画阑飘雪。

南乡子东林桥雨篷梦归

篷上雨潺潺，篷底幽人梦故山。涧户林扉元不闭，萧闲。只有飞云可往还。波冷玉珊珊，一壑松风引佩环。咏得池塘春草句，更阑。行尽千峰半霎间。

太常引寿彝斋

柳阴濯足水侵矶。香度野蔷薇。芳草绿凄凄。问何事，王孙未归。一壶浊酒，一声清唱，帘幕燕双飞。风暖试轻衣，介眉寿，遥瞻翠微。

鹊桥仙

富豪休恃。英雄休使。一旦繁华如洗。鹊巢何事借鸠居，数载主三易矣。　　东家烟起。西家烟起。无复碧翚朱启。我来重宿半间云，□旧制，唯余此耳。

鹧鸪天

笠泽沿回十五年，亲知情义日堪怜。偷儿三顾吾何有，俗士群讥自省愆。　　聊复尔，岂其然，田翁轻慢牧童颠。乃知造物深相与，急使江湖棹去船。

如梦令

削迹松陵华寓，藏密白云深处。造物已安排，万事何须先虑。归去，归去，海鹤山猿同住。

踏莎行

春渚芹蒲，秋郊梨枣，西风沃野收红稻。檐前炙背媚晴阳，天涯转瞬凄芳草。鲁望渔村，陶朱烟岛，高风峻节如今扫。黄鸡啄黍浊醪香，开门迎笑东邻老。

小桃红

陆庄风景又萧条，堪叹还堪笑，世事茫茫更谁料，访渔樵。　　后庭玉树当时调。可怜商女，不知亡国，吹向紫鸾箫。

一江秋水淡寒烟，水影明如练，眼底离愁数行雁，写晴天。　　白蘋红蓼参差见。吴歌荡桨，一声哀怨，惊起鹭鸥眠。

五湖烟水未归身，天地双蓬鬓，白酒新刍会邻近，主酬宾。　　百年世事兴亡运。青山数家，渔舟一叶，聊且避风尘。

忆秦娥

昨日尝赋《忆秦娥》一首，以介石斋前木樨盛开，俾具一卮酒，无使花神笑人寂寞，盖以风雨伤怀耳。兹重改呈，又作一首，共写呈二，君却不可默然也。

扶疏玉，蟾宫树影阑干曲。一襟香露，几枝金粟。　　姮娥镜掩秋云绿，无端风雨声相续。不须澄霁，为酤醽醁。

参差玉，笙声莫起瑶台曲。轻风香浸，夜凉肌粟。　　黄云巧缀飞霞绿，清吟未断秋霖续。恐孤花意，倒尊中醁。

江城子

满城风雨近重阳，湿秋光，暗横塘。萧瑟汀蒲，岸柳送凄凉。亲旧登高前日梦，松菊径，也应荒。　　堪将何物比愁长，绿泱泱，绕秋江。流到天涯，盘屈九回肠。烟外青蘋飞白鸟，归路阻，思微茫。

蝶恋花

夜永愁人偏起早，容鬓萧萧，镜里看枯槁。雨叶铺庭风为扫，闲门寂寞生秋草。　　行路难行悲远道，说着客行，真个令人恼。久客还家贫亦好，无家谩自伤怀抱。

壬子九月廿五日，访照庵高士留饮，因书近词求是正之益。

题云林诗集后

虞集伯玉

鲍谢才情世不多，手封诗卷寄江波。宅边东海鲸鱼窟，好着轻舟一钓蓑。

题云林先生小像

天师张

才之英，德之精。坐松石，俨像形。噫，安得斯人兮复生！